Leben in der Käseglocke

von

Ingrid Treutter

Ingrid Treutter

Leben

in der

Käseglocke

Roman

Bibliografische Information der Deutschen Nationalbibliothek:
Die Deutsche Nationalbibliothek verzeichnet diese Publikation in der
Deutschen Nationalbibliografie; detaillierte bibliografische Daten sind
im Internet über http://dnb.dnb.de abrufbar.

© 2020 Ingrid Treutter
Einbandzeichnung: Martin Sura
Herstellung und Verlag: BoD – Books on Demand, Norderstedt

ISBN 9783753405971

Einleitung

Was gibt es schon von einer Bauernfamilie zu erzählen?

Viehbestand, Ackererträge und vielleicht ab und zu ein paar Grundstücksstreitigkeiten? Täusche dich nicht, lieber Leser! In jeder Familie gibt es ein schwarzes Schaf. Auch in einer Bauernfamilie. Und ebenso ruht in jeder Menschenseele ein kleines schwarzes Schäfchen. Auch in einer Bauernseele. Genauso übrigens wie in deiner. Glaube mir, wir beide sind da gar nicht besser. Bei den meisten bemerkt man es nur nicht, weil es ganz still in einem der hintersten Seelenwinkel hockt. Wenn dann so eine schwarze Schafseele eines schwarzen Familienschafs zu bocken beginnt, dann freuen wir uns. Denn es lenkt von unseren eigenen Schäfchen ab.

Zurück aber zu unserer noch nicht begonnenen Geschichte.

Das Ehnle

Die Geschichte beginnt mit einem Dorfhäuptling.

Da wir uns aber nicht in Amerika, sondern in einem schwäbischen Dorf befinden, heißt der Häuptling auch nicht Häuptling Flinke Zunge. Allenfalls auf schwäbisch „Babblgosch". Aber nicht einmal das. So viel Fantasie haben die Schwaben nicht. Sie nennen ihn ganz einfach „Ehnle", ins Deutsche übersetzt: das Großväterchen. Schon ist er zum Neutrum geworden. Na ja, er – es - ist schließlich auch der Dorfälteste. Generationen von Dorfältesten in dem Dörfchen S. trugen diesen Namen.

Wie so viele Traditionen wurde auch diese Opfer von zunehmender Zersiedelung und Anonymität. Nichtsdestotrotz trat Herbert Scherff im Jahr 1932 als letzter dieses Erbe an. Er war stolz darauf. Schließlich hatte er es sich verdient. Sein Verdienst war es, alt geworden zu sein. Das war nicht so leicht gewesen, die meisten hatten es nicht geschafft. Viel länger als alle anderen war er das Ehnle. Längst war der Titel nur noch mit seinem Namen verbunden. Die Liebe zu ihm hatte viel

Zeit gehabt zu wachsen. Man schätzte ihn besonders wegen seiner großen Lebenserfahrung. In allen Dingen wusste er Rat.

Rüstig war er. Mit seinen hundert Jahren – vielleicht auch 98 oder 101, wer weiß das schon genau – stand er immer noch im Morgengrauen auf. Dann schwang er sich auf sein Fahrrad – so wie man sich als Hundertjähriger eben schwingen kann – und fuhr zu seinen Feldern, um sich zu vergewissern, dass Gott gut für ihn und die nächste Ernte sorgte. Das Rad hatte ihm sein Ältester zurückgelassen, als er den Hof und das Dorf verlassen hatte. Damals...

Jetzt war das Rad der Sohn, gleich gesinnt und ganz und gar nicht aufmüpfig. Immer samstags wurde es gewaschen, geschrubbt, poliert, geölt, aufgepumpt – sonntagstauglich eben. Der Fahrt auf die Flur folgte die Fahrt zum Frühschoppen, wo er sich mit den übrigen Honoratioren traf, um über die Probleme der Landwirtschaft im Besonderen und die Weltlage im Allgemeinen zu debattieren. Das Wirtshaus war die Nachrichtenstube. Es gab Nachrichten aus aller Welt – bisweilen - und vor allem Lokales.

Täglich betete er in der Kirche, um vorbereitet zu sein, wenn er abtreten musste und der nächste das Ehnle wurde. Er wusste nichts davon, dass er das letzte Exemplar einer aussterbenden Spezies war. Keiner vor ihm war über 100 geworden, also war es an der Zeit. Sonntags machte er sich zu Fuß und im Sonntagsanzug – im Laufe der Jahrzehnte war der zwar einiges zu lang und weit geworden, aber sonst noch tadellos! - mit dem Gebetbuch unter dem Arm auf den Weg in die Kirche.

Seine Frau war fünfzehn Jahre jünger und keineswegs die älteste Frau im Dorf. Aber sie war die Frau des Ehnle. Also nannte man sie liebevoll „Ahnle", genauso wie auch die Frau Pfarrer eigentlich keine Pfarrerin war. Das Laufen machte ihr große Mühe, aber immer noch kochte sie ihrem Ehnle sein Süppchen und den Gästen einen guten Kaffee.

Der kleine Bauernhof brachte mit seinen paar Feldern nicht gerade viel Ertrag. Die beiden Kühe lieferten die Milch für die Familie und die immer zahlreicher werdenden Katzen. Das letzte Pferd im Stall bekam sein Gnadenbrot und manchmal auch Hafer. Man war fortschrittlich geworden und hatte inzwischen einen kleinen Traktor angeschafft.

Hühner gab es und einige Schweine. Von Zeit zu Zeit wurde eines geschlachtet. Das war jedes Mal ein Fest, es gab die gute Kesselsuppe und reichlich Fleisch zu essen. Für das Schwein war es weniger angenehm. Das weitaus bessere Los hatte der Kettenhund gezogen, wenn auch sein Bewegungsspielraum schwer zu wünschen übrig ließ: Seine Aufgabe war es, Besucher anzumelden. Später musste auch er der Technik in Gestalt einer Türglocke weichen. Mit Einbrechern brauchte hier keiner zu rechnen. Die Dorfbewohner waren genügsam und ehrlich, Fremde gab es nicht, und überhaupt konnte jeder sehen, dass es hier nichts zu holen gab.

Das Leben im Haus spielte sich hauptsächlich in der Küche ab. Die gute Stube wurde nur an hohen Feiertagen geheizt. Im Sommer blieb sowieso keine Zeit zum Ausruhen. Das Häuschen für bestimmte, nicht aussprechbare Bedürfnisse befand sich – wie praktisch - direkt über dem Misthaufen. Jedermann (jedefrau natürlich auch), der die Hühnerleiter zu jenem Ort erklommen hatte, trug sein Scherf(f)lein zur Düngung der Felder bei.

Leidenschaften

Fritz hieß der einzige Sohn des Ehnle, der im Dorf geblieben und bereit war, diesen Bauernhof mit seinen ärmlichen Verhältnissen weiterzuführen. Er war zufrieden damit. Solange Gott weiter dafür sorgte, dass die Ernte nicht verdarb und dass genug zum Essen da war, sollte es ihm recht sein. Weil es so üblich war und die Arbeit auf dem Bauernhof gehörig erleichterte, hatte auch er sich verheiratet. Frieda, die Bäckerstochter aus dem Nachbardorf war seine Frau geworden. Bevor sie um 5 Uhr morgens in den Kuhstall ging, widmete sie sich mit Hingabe ihren langen, früh ergrauten Haaren. Nach intensivem Bürsten wurde ein zum Ende immer dünner werdender Zopf geflochten, der ihr bis zum Gesäß reichte. Diesen Zopf drehte sie dann geschickt und in Windeseile zu einer Schnecke, die mit tausend Haarnadeln am Hinterkopf befestigt wurde. So zurechtgemacht konnte sie getrost ihren Kühen gegenübertreten. Sie war tüchtig und packte von früh bis spät bei allen Arbeiten mit an.

Ganz nebenbei konnte Frieda auch noch die besten Kuchen im Dorf backen. In der Woche vor dem

Weihnachtsfest gab es glückbringende Männchen aus Hefeteig – aus einem ganz besonderen Hefeteig. Dann durfte den ganzen Tag über keiner die Küche betreten. Der kleinste Luftzug hätte das Gebäck unrettbar verdorben. Fritzens ansonsten grenzenlose Geduld wurde hier auf eine harte Probe gestellt. Nur die Aussicht auf die mit Hefekerlen gefüllten Waschkörbe besänftigte ihn. Glücklicherweise war Weihnachtszeit und er konnte sich in die gute Stube zurückziehen.

Fritz hielt nichts von Wirtshausgeselligkeit. Er zog es vor, sich in einen stillen Winkel zu setzen und seine Gedanken schweifen zu lassen. Frieda dagegen konnte keine Minute still sitzen. Wenn sie wirklich einmal nichts zu tun hatte, legte sie ihre Hände in den Schoss und drehte Däumchen. Was heißt hier Däumchen drehen, ihre Daumen tanzten, dass es eine Freude war oder dass alle anderen, insbesondere Fritz, nervös wurden. Meist aber nahm sie ihre Stricknadeln zur Hand, und strickte mit Leidenschaft Socken und Leibchen für Fritz. Frieda war eine sehr leidenschaftliche Frau, fast ein bisschen zu leidenschaftlich für Fritz, den Bauern. Fritz schätzte ihre wollenen Leibchen. Winters wie sommers trug er sie. Wenn die Katzen das ganze Jahr über das gleiche Fell trugen, so musste das seinen Sinn haben. Warum also sollte er im Sommer seine Leibchen ablegen?

Die Früchte ihrer gemeinsamen Leidenschaft hießen Wilhelm und Franz. Wilhelm genoss den warmen Stallgeruch. Stundenlang konnte er auf dem Heuboden über dem Schweinestall verbringen und nichts tun, als dem geschäftigen Grunzen zu lauschen. Liebend gern fuhr er auch mit dem Traktor durch die Felder, ließ sich den Wind um die Ohren blasen – der Wind hatte viel zu blasen bei den Ohren der Familie Scherff – und die Natur zu Füßen liegen. Weil im kirchlichen Posaunenchor eine Posaune fehlte, lernte er Posaune spielen. Nach den Proben ging man zum Dämmerschoppen und nach dem Gottesdienst zum Frühschoppen. Bei Beerdigungen und Hochzeiten bekamen die Musiker ein Schnäpschen. Posaune-Spielen gefiel ihm.

Franz war unmusikalisch. Er ging zur Hitlerjugend, dort lernte er marschieren und auf die Sauberkeit seiner Fingernägel zu achten. Der Sohn des Nachbarn war richtiger Soldat. Aus einem schwerfälligen Bauernjungen war ein stattlicher Mann geworden, der nie mehr eine Mistgabel anrühren musste, und dem alle Mädchen nachliefen. Das wollte Franz auch. Beides, aber vor allem das Erstere. Der Krieg ging zu Ende und es wurden keine Soldaten mehr gebraucht. Was Franz blieb, das war die Marschmusik im Radio.

Die Landwirtschaft reichte bald nicht mehr aus für die ganze Familie, und Fritz verkaufte nebenher Versicherungen. Irgendwann wurden ihm die Arbeit und seine Herzkrankheit zu viel. Er erhängte sich im Mostkeller. Das wiederum war wohl seiner Frau zu viel und sie starb ein paar Jahre später an gebrochenem Herzen.

Fritzens Tod hatte die ganze Familie Scherff in arge Bedrängnis gebracht. Er zwang sie zum Lügen. Um für ihn ein Plätzchen in geweihter Erde zu erlangen, wurde der Selbstmord mit vielen gedanklichen Verrenkungen zum Unfall deklariert. Die Kollekte für die neuen Kirchenglocken wuchs um beträchtliche Summen. Nun ruhte er also über Ehnle und Ahnle, die schon längst vorausgegangen waren, in der Familiengruft mit Blick auf den Zwiebelturm des Kirchleins, in dem bald die neuen Glocken klingen sollten.

Wilhelm übernahm den Bauernhof. Für seine sechs Kinder reichte der bei Weitem nicht aus, auch nicht mit Versicherung. So verdiente er jetzt sicheres Geld als Reisebusfahrer. Das war fast so schön wie Traktor fahren. Und er musste sich nicht mit den lästigen Alltagssorgen seiner über alles geliebten Wochenendfamilie befassen.

Den auf Hasen und Hühner reduzierten Bauernhof führte seine Frau allein. Die Äcker wurden verpachtet. Nur die Streuobstwiese behielten sie, denn Most war Lebenselixier. Aus dem Bauernhof entwickelte sich ein Haus im Landhausstil. Die alten, wurmstichigen Möbel der Vorfahren ersetzte man durch furnierte, stark verzierte Bauernmöbel aus dem Kaufhaus – inklusive Zinntellerboard. Das „Häuschen" wurde jetzt mangels Misthaufen und Komfort ins Haus verlegt. Überall auf dem Hof wuchsen Blumen aus ehemals landwirtschaftlichem Gerät. Dazwischen winkten Gartenzwerge. Dass das Fachwerk nicht überputzt wurde, dafür sorgte der Denkmalschutz. Nachfolger für den dahingeschiedenen Kettenhund wurde ein reinrassiger Zwergrauhaardackel, der sich im Laufe seines Lebens zu einer haarlosen Promenadenmischung in Übergröße entwickelte. Trotzdem war er viel geliebter Schoßhund.

Zu einem richtigen Landleben gehörte es, auf die Pirsch zu gehen. Wenn Wilhelm zu Hause war, stand er morgens um 5 Uhr auf, ging in den Wald und wartete stundenlang auf dem Hochsitz auf Wild. Er war sehr geduldig und fühlte sich ein bisschen wie in der Jugend, als er seine Nachmittage über dem Schweinestall verbrachte. Manchmal grunzte es tatsächlich unter ihm und ein Wildschwein zeigte sich. Er schoss mit dem Fotoapparat, denn er liebte die Natur und seine Aufnahmen füllten die Wände um das Zinnregal wie Jagdtrophäen.

Derweil schuf seine Frau an der Nähmaschine die allerliebste Landhausmode für ihre Kinder - mit Messingknöpfen und mit Edelweiß bestickt.

Der Soldat

Franz, dem jüngeren der beiden Brüder, war es, wie wir wissen, nicht vergönnt, für sein Vaterland zu kämpfen und in der übrigen Zeit eine schmucke Uniform zu tragen. Also schlüpfte er in die Uniform eines kaufmännischen Angestellten. Auch als Angestellter brauchte er keine Mistgabel mehr anzurühren. Und wer weiß, vielleicht fühlten sich die jungen Frauen aus dem Dorf von seinen Krawatten angezogen.

Wie ein Soldat achtete er stets auf korrekte Kleidung und auf saubere Fingernägel. Anzug und Krawatte machte er sich zur Pflicht, auch im Urlaub. Die einzige Lässigkeit, die er sich dann erlaubte, waren beige oder hellblaue Hemden statt der weißen, bei großer Hitze sogar mit kurzen Ärmeln. Das aber wirklich nur ausnahmsweise, denn an den kurzen Ärmeln ließen sich die goldenen Manschettenknöpfe nicht befestigen. Ärmelhalter aus Gummiband sorgten dafür, dass die Hemdärmel nicht aus der Anzugjacke hervor schauten und Sockenhalter, Strapse für die Waden, bewahrten die Socken davor, nach unten zu rutschen und Ringe zu bilden. Seine Haare waren immer akkurat nach hinten gekämmt und mit Haarfestiger gebändigt.

Franz war zwar nur ein kleiner Angestellter, aber er hatte hohe Ideale. „Wie's da drinnen aussieht, geht keinen was an" war seine Devise. Pflichterfüllung galt als oberstes Gebot. Seine Pflicht als Protestant war es, jeden Sonntag den Gottesdienst zu besuchen und zwanzig Pfennige in die Kollekte zu werfen. Seine Pflicht im Alltag bestand darin, keine Fehler und immer einen guten Eindruck zu machen. Überall war er geschätzt – vor allem wegen seiner Hilfsbereitschaft. Die Hilfsbereitschaft war das Wiederherstellen einer durcheinandergeratenen Ordnung. Am Ergebnis änderte das nichts. In allem war er penibel. Sämtliche Türklinken in seinem Wirkungsbereich waren locker vom vielen Überprüfen, ob auch wirklich abgesperrt sei. Hatte er eine Verabredung, dann kam er immer pünktlich - genau eine halbe Stunde zu früh.

Die Firma war sein zweites Zuhause. Er schuldete es seiner Firma, Überstunden zu leisten und dafür nichts zu verlangen. Auch am Wochenende sah er dort nach dem Rechten. Er ging alle Räume durch und kontrollierte sämtliche Gefahrenquellen: Licht aus, Stecker gezogen, Geräte auf null und natürlich, ob die Türen versperrt waren. Gelegentlich strich er den Firmenzaun und führte kleine Reparaturen durch, vor allem an den Türklinken, und selbstverständlich alles auf eigene Kosten.

Halt gaben ihm bei all der Pflichterfüllung Gott und die Zigaretten. Möglicherweise waren auch die Zigaretten Strohhalme Gottes, an denen er sich festhalten konnte. Jedenfalls hielt er ununterbrochen einen solchen glimmenden Strohhalm in der Hand. Die Fingernägel waren auch nach der schmutzigsten Arbeit peinlich sauber, die Fingerspitzen jedoch gelb gefärbt vom Nikotin. Das Rauchen war sein einziges Laster, der einzige Punkt, wo es ihm an Selbstdisziplin fehlte, das kleine schwarze Schäfchen in seinem Inneren.

Niemals gab es Halbheiten bei ihm, nicht bei der Ordnung von Äußerlichkeiten und auch nicht bei der Zerstörung seines Inneren.

Herrschaftszeiten

Wir verlassen für kurze Zeit das verschlafene schwäbische, nur wenige Landwirt-Seelen zählende Dorf und begeben uns in eine böhmische Stadt mit fast 40.000 Einwohnern verschiedener Kulturen, mit Fabriken und Handel.

Margareta und Karel Kucera waren Bedienstete in einem jüdischen Fabrikanten-Haushalt. Sie waren Deutsche, aber das spielte keine Rolle. Er war fescher Diener und auch Margareta sah nicht aus wie eine Küchenmagd. Sie kleidete sich nach der neuesten Mode und hatte onduliertes Haar. Mit den Bediensteten anderer Häuser gaben sie sich nicht ab. Ihre Herrschaft war die vornehmste. Die Herrschaften waren gut zu ihnen. Margareta und Karel bewohnten die Villa, genauso wie die Herrschaften – im Keller zwar, aber es fehlte ihnen an nichts, was Dienstboten so brauchten.

Das Essen, das Margareta zusammen mit dem Koch für die Herrschaften zubereitete, reichte auch noch für das gesamte Personal. Wie die Herrschaften benutzten auch sie den großen Park. Natürlich zogen sie sich mit den anderen in eine entlegene Ecke außer Seh-und Hörweite der Herrschaften zurück, das war selbstverständlich. Nicht aber für ihre Kinder Leonhard und Theresa. Ihnen gehörte der ganze Park, in dem sie mit den herrschaftlichen Kindern Versteck spielten. Ihnen gehörte die herrschaftliche Schaukel und ihnen gehörte das herrschaftliche Puppenhaus. Das herrschaftliche Kindermädchen nahm auch sie unter seine Fittiche und mit in den Zoo. Herrschaftszeiten waren das, herrliche.

Hitler hatten sie es zu verdanken, dass dieses Paradies ein Ende nahm. Karel musste als Soldat für sein deutsches Vaterland kämpfen. Weil er genauso gut kochen konnte wie seine Frau, kämpfte er mit dem Kochlöffel in der Feldküche. Der Krieg nahm ihm zwar nicht das Leben, aber seine Freiheit, denn er kam in französische Gefangenschaft. Das gute Essen aus der herrschaftlichen Küche vermisste er dort sehr, wobei er schon mit einem schlechten zufrieden gewesen wäre, hätte es nur ausgereicht.

Tschechische Soldaten wiederum nahmen der Villa und Margareta die Freiheit. Die Villa wurde beschlagnahmt. Margareta musste bleiben und ihre Kochkünste den feindlichen Soldaten widmen. Die Kinder mochten jetzt nicht mehr im Park spielen. Sie hatten Angst vor den finster blickenden, bewaffneten Soldaten. Vom kleinen Fenster der Kellerküche aus sahen sie den ganzen Tag über die Stiefel der Soldaten vorbeilaufen. Wo die Herrschaft war, wussten sie nicht.

Später wurden auch Margareta und ihre beiden Kinder zusammen mit den letzten zurück gebliebenen Deutschen im Viehwagen in ein Flüchtlingslager an der Ostsee gebracht. Theresa durfte ihren Teddybären mitnehmen. Der musste den ganzen mütterlichen Schmuck schlucken, bevor er wieder zugenäht und auf die Reise geschickt wurde.

Die Fahrt war lang, dunkel und eng. Keineswegs freundlicher sah der Empfang im Flüchtlingslager aus. Als Erstes wurden die Männer und Knaben von den Frauen und Mädchen getrennt. Abschied von Leonhard. Dann mussten sich alle nackt ausziehen und so zum Duschen und Entlausen gehen. Beängstigend wirkten auf Theresa die ausgemergelten, faltigen Körper der alten Frauen und abstoßend die schwabbeligen Fettwülste der Dicken. Einen keineswegs vertrauensvolleren Anblick – geschweige denn Schutz – bot der ungewohnt nackte, kantige, ja fremde Körper der Mutter.

Danach bekam jeder eine Liege im Lager zugewiesen. Leonhard war wieder da. Die einzigen Spielzeuge, die Theresa dort zur Verfügung standen, waren der kostbare Teddy und ein blauer Stift, mit dem sie alles abmalte, was ihr vor die Augen kam. Sie war eine begabte Zeichnerin und Papier war genügend vorhanden, es musste nicht groß und auch nicht leer sein. Am liebsten malte sie die Menschen aus dem Lager in ihrer Unterschiedlichkeit.

Lange Zeit ernährte sie sich ausschließlich von dem Zwieback, den Margareta kurz vor ihrem Aufbruch gebacken hatte, bis die Maden und Käfer davon Besitz ergriffen. Dann konnte auch Theresa den ekligen Lagereinheitsbrei nicht mehr verschmähen.

Schließlich bekamen sie Nachricht von Karel. Er war wieder frei und bei Verwandten in Westdeutschland. Familienzusammenführung wurde beantragt, aber das dauerte unendlich lange. Also musste der Teddy seinen Inhalt wieder abgeben, und der Schmuck wurde verkauft. Das Geld bekam ein Schleuser, der sie bei Nacht – und vor allem auch bei Nebel – zur grünen Grenze brachte. Den entscheidenden Weg musste die Mutter mit ihren beiden Kindern alleine bewältigen. Margareta war unerschrocken, Leonhard freute sich auf ein Abenteuer und Theresa betete. Am nächsten Morgen waren sie in Sicherheit und die Familie war endlich wieder beisammen.

Flüchtlinge

Kehren wir wieder in unser kleines Dorf zurück und schauen, wie es dort nach Kriegsende aussah.

Die Bauernhäuser waren groß und mussten jetzt Fremde beherbergen. Jedem Haus wurden Flüchtlinge zugewiesen. Man war skeptisch, wollte die Eindringlinge gar nicht haben. Aber es waren gute Arbeitskräfte und so teilte man bald gerne Haus und Ernte mit den Neuen.

Auch Karel und Margareta landeten mit ihren Kindern in einem kleinen Zimmer auf einem Bauernhof. Lang blieben sie da nicht – sie waren ja nur geduldet. Sie wollten sich eine neue Existenz aufbauen, ganz von vorne anfangen. Margareta und Karel kauften sich am Rand des Dorfes S. einen alten Bauernhof und ein paar Hühner – Grundstock für eine Hühnerfarm. Karel fand Arbeit am Bau und Margareta fütterte ihre Hühner. „Put-put-put", dann kamen sie von allen Seiten gelaufen und holten sich ihre Körnerration. Margareta verkaufte Eier und auf Kundenwunsch legte sie ab und zu einem Huhn das Messer an die Gurgel. Später kamen Gänse dazu. Die wurden gestopft und zum Martinstag mussten sie daran glauben.

Margareta war eine gute Dienstmagd gewesen, sie konnte arbeiten. Sie konnte sich nicht vorstellen, etwas anderes zu tun, als zu arbeiten. So waren die Schulden für das Haus bald abbezahlt und die ganzen Strapazen und Entbehrungen, die hinter ihnen lagen, vergessen. Immer noch hatten sie zwar Entbehrungen, aber es waren Entbehrungen freiwilliger Natur. Margareta sparte. Sie konnte auch hier nicht anders. Fleisch gab es nur ein- höchstens zweimal pro Woche, niemals aber am Freitag. Margareta achtete streng darauf, dass nicht gegen die Fastenregeln der katholischen Kirche verstoßen wurde. Lieber ließ sie das Fleisch verderben. Diese kleine Sünde wurde durch das Fasten mehr als aufgehoben. Die Kleider der Familie änderte man so oft um, bis sie wirklich nicht mehr zu gebrauchen waren. Das heißt: bis sie nicht mehr tragbar waren. Als Putzlumpen konnte man sie noch gebrauchen, oder vielleicht sogar als Topflappen. Die Familie lebte in Armut und das Bankkonto wuchs.

Leonhard ging mit dem Vater zum Bau und bald begannen sie gemeinsam das Haus und die Ställe zu renovieren. Dabei verunglückte Karel und Margareta blieb als junge Witwe zurück. Ihre katholische Erziehung verbot einen zweiten Partner, obgleich der Nachbar schon ganz nett gewesen wäre... Wenigstens war es nicht verboten für ihn zu kochen.

Theresa war eine lebenslustige, muntere junge Frau geworden. Sie sang und tanzte den ganzen Tag. Sie lernte nähen, denn am liebsten entwarf sie neue Kleider. Jetzt konnte sie auch die verwertbaren Überreste der alten zu ganz modernen neuen Kleidern zusammensetzen.

Vom Krieg wollte sie nie mehr sprechen. Als strenggläubige Katholikin nahm sie das Schicksal, wie Gott es ihr zukommen ließ. Sie haderte nicht damit. Und sie hatte die Gabe, alle unangenehmen Eindrücke sofort im hintersten Winkel ihres Gedächtnisses verschwinden zu lassen.

Manchmal kommt es anders

Theresa und Franz lernten sich bei einem Fest der Dorfjugend kennen. Sie tanzten viel und der Most schmeckte. Dann kam das Kind. Es kam einfach, wie ein Gewitter einfach kommt. Sie mussten heiraten. Der katholische Priester weigerte sich zunächst, einen Protestanten in die Gemeinde aufzunehmen. Man musste versprechen, die Kinder zu guten Katholiken zu erziehen. Und schließlich wollten auch die katholischen Kirchenglocken bezahlt werden. Nach drei Jahren kam ein zweites Kind. Mit zwei Kindern hatten sie kaum mehr Zeit für solche Dinge, aus denen Kinder entstehen. Wenn doch, dann widersetzten sie sich – was Theresa betrifft, schweren Herzens - den Anordnungen des Papstes und verhüteten. Lieber einmal beichten als noch ein Kind. Im Übrigen war Franz immer noch beim anderen Verein. Keiner konnte etwas dagegen sagen, wenn er sich einen Gummi überstülpte.

Einmal im Jahr, zu Weihnachten, erlaubte sich Franz einen Besuch in seiner Kirche. Sonst ging er, wie versprochen, allsonntäglich mit seiner Frau in den katholischen Gottesdienst. Auch wenn die

Kirche ganz leer war, stellten sie sich hinter die letzte Sitzreihe. Das war seine Bedingung. Er hatte Angst, sich zum falschen Zeitpunkt hinzuknien oder eben nicht. Dass sie standen, fiel nicht weiter auf, denn sie kamen immer zu spät. Theresa konnte nicht aus dem Haus gehen ohne das Frühstücksgeschirr abgespült und die Betten gemacht zu haben. Immer fand sie noch eine Arbeit, bis die Glocken zur Messe läuteten und sichergestellt war, dass sie frühestens mit dem Pfarrer, meistens aber nach ihm in die Kirche einzogen. Vor den übrigen Gemeindemitgliedern war ihr Stehen jetzt gerechtfertigt. Eigentlich gehörte Pünktlichkeit auch zu Theresas vorrangigen Eigenschaften. Aber wozu hatten sie denn Kinder – die mussten als Verspätungsgrund herhalten. Theresa und Franz waren in doppelter Hinsicht aus dem Schneider und die Kinder auch einmal zu etwas nütze.

Die Familie wohnte jetzt in der benachbarten Kleinstadt B., wo Franz seiner Arbeit nachging. Die meisten Vermieter mochten ein so junges Ehepaar, das noch grün hinter den Ohren war und schon zwei Kinder hatte, nicht nehmen. Wie sollte das enden? Womöglich würde bald eine laute, schmutzige Kinderschar durchs Haus toben, deren

Eltern ihre Hausordnung nicht richtig machten. So blieb ihnen nichts anderes übrig, als eine Sozialwohnung zu beziehen. Die beiden befürchteten, in den Ruf von Asozialen zu kommen. Um das zu verhindern, hielt Franz das Mietshaus in Schuss. Alles wurde sofort von ihm repariert, Glühbirnen ausgewechselt, Türen geölt. Die Grasfläche neben dem Haus machte er mit der Sense zum Rasen. Er lag den Hausverwaltern so lange in den Ohren, bis der Hof ordentlich gepflastert war und man ihm einen kleinen Handrasenmäher genehmigt hatte. Er träumte noch von einem Jägerzaun. Aber das konnte er nicht durchsetzen.

Zu seinem Glück wohnten lauter ordentliche Familien im Haus, bis auf den Herrenfriseur, der unterm Dach sein Zimmer hatte. Fatalerweise lag sein Friseurladen direkt neben einer Bar, wo er biertrinkend auf Kundschaft wartete. Viel Kundschaft kam nicht. Wer einen wirklichen Haarschnitt haben wollte, tat gut daran, am Vormittag zu erscheinen. Wenn der „Bader" am Abend torkelnd und augenrollend von der Arbeit nach Hause kam, versteckten sich die Nachbarskinder sicherheitshalber hinter der nächsten Hausecke. Einmal jedoch winkte er alle Kinder zu sich her, und zog mit ihnen und mit Gesang wie der Ratten-fänger von Hameln in die Waschküche. Er setzte die Kinder der Reihe nach auf den großen hölzer-nen Waschtisch und polterte damit, indem er im-mer ein Bein des Tisches anhob und knallend wie-der aufsetzte, so etwas wie ein Lied auf den Lippen, durch den ganzen Keller. Die Kinder fan-den das ausgesprochen lustig. Die Eltern nicht.

Ungleiche Brüder

Peter, das erste Kind von Franz und Theresa war sehr jähzornig. Im Sandkasten hätte er beinahe ein anderes Kleinkind mit dem Holzauto erschlagen. Wenn ihm etwas nicht passte, schlug er zu. Meistens musste das seine kleine Schwester Ruth ausbaden. Wozu sonst gab es Stärkere und Schwächere? Wenn seine Freunde nicht zusahen, konnte er aber auch der liebevollste Puppenvater sein.

Als Ruth geboren wurde, wollte der Arzt ihre Ohren ankleben, die wie alle Scherffschen Ohren zur Seite strebten. Das ließ Theresa nicht zu. Keiner durfte ihren Kindern ein Haar krümmen, geschweige denn die Ohren begradigen. In der ersten Zeit hatte Ruth Atemnot, dann gewöhnte sie sich aber doch an die zigarettengeschwängerte Luft in der elterlichen Wohnung. Theresa und Peter reagierten mit einem zwar jahreszeitlich begrenzten, dafür umso heftigeren Heuschnupfen. Keiner kam auf die Idee, den kettenrauchenden Vater dafür verantwortlich zu machen. Was Franz tat, war auf jeden Fall in Ordnung.

Sobald Ruth laufen konnte, war sie fast ausschließlich draußen. Ruth war ein Junge - ein Junge in Kittelschürzen. Sie hasste die kurzen Falten-röckchen mit Kittelschürze darüber. Aber da war nichts zu machen, Mädchen trugen das eben. Die einzige Hose in ihrer Kindheit war die abgetragene Kniebundhose einer Cousine. Sie liebte diese Hose, mit ihr sah sie aus wie die anderen Jungen. Am ersten Schultag bekam sie ein gelbes Kopftüchlein wie alle Mädchen, nicht die Kappe der Jungen. Die Schule hatte mit einer herben Enttäuschung be-gonnen. Es wurde einem nicht leicht gemacht, ein Junge zu sein.

Genauso gehütet wie die Hose war ihr einziges Matchbox-Auto, ein winziger roter Lieferwagen. Flitzerlein wurde er getauft, weil er schneller einen Berg hinunterfahren konnte als alle 423 Autos von Peter.

Ruths bester Freund war wild. Es machte ihr Spaß mit ihm vom Dachboden in den kleinen Heuhaufen vorm Haus zu springen oder sich in einen Puppenwagen zu setzen und damit eine abschüssige Straße hinunter zu sausen, was natür-lich immer mit einer Bruchlandung endete. Fast täglich kam sie mit neuen Schrammen oder aufge-schlagenen Knien nach Hause. Das störte sie nicht. Sie war mutig. In der Volksschule wurde sie von den anderen Kindern gehänselt, weil es nicht üblich war, sich mit einem Kind des anderen Geschlechts abzugeben, noch dazu immer mit demselben. Auch das störte sie nicht. Die Freundinnen stellten ihr ein Ultimatum (entweder er oder wir), das sie ungestraft verstreichen ließ. Die Spiele der Freundinnen fand sie langweilig. Ein wenig interessanter wurden sie, wenn Ruth –trotz Kittelschürze- in die Hosenrolle schlüpfte und sich Rudolf nannte.

Die Freundinnen mussten sich in regelmäßigen Abständen bei ihren Müttern melden. Dann gab es Saft und Schokolade. Das gefiel ihr, noch besser gefiel ihr allerdings die Freiheit der Jungen. Als Junge musste man sich nicht melden. Man kletterte in die Obstbäume und stopfte sich mit Äpfeln und Kirschen voll, bis man Bauchweh bekam. Man konnte auch durch die Wälder streifen und Beeren naschen. Theresa war froh, wenn kein Kind zu Hause herum quengelte und Unordnung machte. Also durfte auch Ruth ein Junge sein.

Stolz machte es sie, wenn sie mit dem großen Bruder und seiner Bande durch die Gegend ziehen durfte. Peter war seine Schwester lästig. Aber das half ihm nichts – die Mutter hatte es angeordnet. Ruth war Meisterin im Quengeln. Sie durfte nur mit Abstand hinterherlaufen und Schmiere stehen. Das hatte der Bruder angeordnet. Das Baumhaus war für sie tabu und die Obstbäume wurden erst für sie freigegeben, wenn schon nichts mehr dranhing. Aber sie war dabei und würde sich bewähren und irgendwann auch ein großer Junge werden.

Einmal hatte sie die Großmutter einer Freundin zu einem Spaziergang eingeladen. Die Mutter hatte es nicht erlaubt, sie sollte fremden Leuten nicht zur Last fallen. Ruth ging trotzdem mit. Dabei war sie in einen Bach gefallen, in ein Rinnsal von Bach. Sie lag mit dem Gesicht nach unten im Wasser – unendlich lange, wie ihr schien - und wusste überhaupt nicht mehr wo oben und unten war. Sie wusste nicht mehr, in welche Richtung sie sich hätte befreien können. So wäre sie in dieser Pfütze ganz jämmerlich ertrunken, hätte sie nicht die rettende Hand der Nachbarin herausgezogen. Mit nassen Kleidern und an der Hand der Nachbarin ließ es sich nicht mehr verbergen, dass sie dem mütterlichen Verbot zuwidergehandelt hatte. Der liebe Gott sah alles. Und er strafte.

Der Vater war wie Gott. Sie liebte ihn über alles. Und er strafte.

Ruth erzählte gern und viel. Sie erzählte alles. Fröhlich berichtete sie von ihren Streichen, und sie erntete Ohrfeigen. Manchmal lachte der Vater mit ihr und manchmal strafte er. Das System war nicht zu durchschauen. Peter war da um drei Jahre klüger. Er vertraute sich – wenn überhaupt - nur seiner Mutter an, die einzige Strafe, die er dabei zu erwarten hatte war ein tadelnder Blick. Theresa würde ihn niemals verraten und den väterlichen Schlägen ausliefern.

Theresa und Franz führten eine ausgesprochen harmonische Ehe. Jeder hatte seine Aufgaben. Niemals hatten die beiden auch nur die leiseste Meinungsverschiedenheit. Der Mann war der Entscheidungsträger der Familie. Auch Theresa unterstand Franz, dem Familienoberhaupt. Die Zeit des Singens und Tanzens war vorbei. Die Aufgaben Theresas als Mutter und Ehefrau waren es, für Sauberkeit und Ordnung zu sorgen und dafür, dass, wenn der Vater müde von der Arbeit kam, das Essen auf dem Tisch stand und die Kinder ihre Spielsachen restlos aufgeräumt hatten. Nach Franzens Meinung durfte man es einem ordentlichen Haushalt nicht ansehen, dass Kinder darin lebten. Die Kinderzeichnungen und die Geschenke, die ihnen die Kinder gebastelt hatten, wurden in eine Schublade verbannt. Sie waren nicht perfekt genug, um ins Wohnungsinventar aufgenommen zu werden. Spielsachen durften nur im Kinderzimmer zu finden sein und dort nur am jeweils vorgeschriebenen Platz. Wie beneidete Ruth ihre Freundin, die mitten im Wohnzimmer ein Zelt aus Decken aufbauen und das auch noch eine ganze Woche lang stehen lassen durfte. An den Sonntagen, wenn der Vater zu Hause war, durfte man nicht draußen spielen, damit die Sonntagskleidung nicht schmutzig wurde. Freunde durfte man nicht besuchen, damit die Sonntagsruhe der anderen Familien nicht gestört wurde. Drinnen durfte man keine Unordnung machen. Unordnung machten die Spiele, bei denen man kreativ war und Platz brauchte. An den Sonntagen waren nur Brettspiele erlaubt. Die Sonntage waren langweilig.

An den Samstagen leistete sich die Familie frische Brötchen zum Frühstück. Ruth wurde mit der Aufgabe betraut, die Brötchen beim Bäcker zu holen. Diese neue Aufgabe machte ihr Freude. Sie hüpfte den ganzen Weg nach Hause. Dann schleuderte sie die Tasche mit den Brötchen im Kreis, wie ein Riesenrad – immer schneller und schneller. Sie war glücklich über ihre neue Funktion, das Wochenende nahm einen schönen Anfang. Daheim packte sie die Brötchen aus, was fehlte, war der Geldbeutel mit ein paar Pfennigen Wechselgeld. Es folgten die heftigsten Prügel, die sie je bezogen hatte und die in höchstem Maße unerwartet waren. Nun wusste sie, dass man das schwer verdiente Geld des Vaters genauso zu achten hatte wie den Vater selbst. Damit sie sich das auch wirklich merkte, durfte sie an diesem Samstag nicht mehr draußen spielen. Nur ihren Weg musste sie noch einmal ablaufen, um das verlorene Geld zu suchen. Natürlich war es noch da, in B. hob keiner etwas auf, was ihm nicht gehörte. So und ähnlich wurden Ruth die väterlichen Grundsätze eingebläut. Er führte ein strenges Regiment.

Der Vater unterstand Gott. Gott schickte dem Vater eine Krankheit. Das war toll. Jetzt ging die Mutter zur Arbeit und Franz war den ganzen Tag zu Hause. Franz sorgte jetzt für das Essen, für Sauberkeit und dafür, dass die Kinder gar nicht erst Unordnung machten. Mit dem Vater war es lustig. Ruth musste nur aufpassen, dass sie nichts Falsches sagte oder tat. Das war schwer.

Obwohl der erste Schultag enttäuschend gewesen war, machte ihr die Schule sehr viel Freude. Ihr Wissensdurst war unendlich und das Lernen fiel ihr sehr leicht. Praktisch erledigte sie die Hausaufgaben mit links. Nur schreiben musste sie rechts. Auch das war schwer. Sie musste jede Seite mindestens fünfmal schreiben. Die Buchstaben waren krumm und die Eltern ehrgeizig.

Ruth wünschte sich einen Hund. An jedem Geburtstag suchte sie unter dem Tisch nach ihrem Hund. Es gab keinen Hund. Sie hatte trotzdem einen. Bei allen Familienspaziergängen hielt sie ganz fest die grüne Leine ihres Rauhaardackels. Der Dackel brauchte kein Futter und gehörte ihr ganz allein. Später hatte sie sogar einen richtigen Hund, einen Spitz mit weißem Fell und Streichholzbeinen. Ihm häkelte sie eine grüne Leine. Den Eltern gefiel er nicht, weil er von der Losbude war und nichts gekostet hatte. Deshalb durfte sie ihn immer hinter sich herziehen, auch im Wald. Wenn sich die Familie zum Essen versammelte, wurde er an einem Kommodenknopf neben Peters Sitzplatz festgebunden. Peter war versehentlich darauf getreten. Ruth wurde bestraft, weil sie den Tod ihres Lieblings gerächt hatte. Nie mehr würde sie einen Hund haben, auch keinen Dackel.

Peters Stärke war die Musik. Er bekam eine Geige, er bekam eine Trompete und eine Gitarre. Er bekam Unterricht und spielte nach kurzer Zeit schon im Orchester. Und er spielte sogar auf der Schulbühne. Ruths Freundinnen spielten Klavier. Sie wünschte sich auch ein Klavier. Sie bekam kein Klavier. Die Streifen auf dem Küchentisch waren ihr Klavier. Sie spielte virtuos, auch unbekannte Stücke vom Blatt. Dazu sang sie mit glockenheller Stimme, auch die unbekannten Lieder vom Blatt. Die Familie verstand nichts von Musik. Die hörte nur monotonen Sprechgesang. In der Kirche sang Ruth in höchsten Tönen zu Ehren Gottes. Bis sich eine Frau nach ihr umdrehte. Sie sang jetzt nicht mehr. Die Kirche hatte ihren Reiz verloren. Aber sie war noch immer eine begnadete Pianistin. Das Volk jubelte ihr zu. Während der Pfarrer predigte, nahm sie die Ovationen ihres Publikums entgegen.

Jungen durften ministrieren. Peter war Ministrant. Keiner wusste, dass Ruth auch ein Junge war. Sie stand während der Gottesdienste zwischen den Eltern in der hintersten Reihe mit Blick auf Hinter-

köpfe und Popos. Manchmal nahm ihr der Weih-
rauch das Bewusstsein und der Vater musste sie
nach draußen tragen. Dann konnte der gemütliche
Teil des Sonntags ein bisschen früher beginnen.

Wirklich festlich waren für Ruth die Wahltage.
Dann gingen Franz und Theresa nach dem Gottesdienst ins Wahllokal, um dort, wie es sie der Pfarrer geheißen hatte, ihre christliche Wählerpflicht
zu erfüllen. Das Klassenzimmer, in dem Ruth am
Tag vorher Unterricht gehabt hatte, barg jetzt eine
geheimnisvolle Stimmung. Es war voll mit sonn-
täglich gekleideten Menschen und doch hörte man
nur verhaltenes Murmeln. Die Erwachsenen gingen an einen Tisch, wo sie auf rätselhafte, rituelle
Weise Papiere austauschten, um dann mit feierli-
cher Miene hinter Trennwänden zu verschwinden.
Dort war jeder für sich alleine. Es war wohl der
einzige Ort, wo zwar Hunde aber keine Kinder
mitdurften. Die Wähler entstiegen diesen Kabinen
wie einem Beichtstuhl – mit geläutertem und er-
leichtertem Gesichtsausdruck. Vollends entspann-
ten sie sich, nachdem sie die eben erst erhaltenen
Papiere in einen Kasten geworfen hatten. Ruth
hatte nie gewagt, die heiligen Hallen einer Wahl zu
betreten.

Franz Scherff hatte sich vom Bauernsohn zum Angestellten hochgearbeitet. Sein Sohn Peter sollte eine gute Schulbildung bekommen und den Aufstieg weiterführen. Vielleicht konnte er es zum unkündbaren Beamten mit guter Pension schaffen. Die Ferien durfte Peter in einem Schullandheim verbringen, damit er kein Weichling wurde, und selbstverständlich kam er ins Gymnasium. Das alles war für Ruth nicht vorgesehen. Ruth war ein Mädchen. Mädchen heirateten und bekamen Kinder. Bildung war für Mädchen nicht notwendig, Bildung für Mädchen war Verschwendung. Aber Ruth war immer noch Meisterin im Quengeln. Sie war eine gute Schülerin und die Eltern waren ehrgeizig. Sie hatte versprochen fleißig zu lernen und sie wurde Primus. Primus, denn sie war ein Junge.

Manchmal musste Franz ins Krankenhaus. Dann besuchte sie ihn jeden Nachmittag. Im Krankenhaus war es schön. Im Krankenhaus sagte sie nie etwas Falsches. Im Krankenhaus hatte sie auch Riesenappetit, sie durfte Vaters Gelbwurstbrötchen aufessen. Zu Hause musste sie essen. Franz brachte manchmal von seiner Arbeitsstelle, einem Lebensmittelgroßhandel, Krautwickel oder Gemüsesäfte, die keiner mochte, in Großhandelsmengen mit. Da sie nun einmal gekauft waren und Franz nie einen Fehler machte, hatte jeder seinen Anteil zu verzehren. Man musste seinen Teller leer essen, genauso wie man eine Arbeit nicht mittendrin unterbrechen durfte. Solche Mahlzeiten zogen sich hin. Im Krankenhaus gab es das nicht.

Auch Ruth war Ärztin. In ihrem Krankenhaus ging es den Patienten gut wie in einem Hotel und sie waren schnell wieder gesund. Sie hatte einen ausgezeichneten Ruf und machte die kompliziertesten Operationen. Derweil erledigte die Mutter ihre Handarbeiten und Zeichnungen. Das brachte bessere Noten. Ruths Linkshändigkeit war hier ein großes Hemmnis. Die Lehrerin zeigte ihr einen Stick-Stich und wenn sie selbst die Sache in der Hand hielt, sah plötzlich alles ganz anders aus. Entweder die Arbeit stand auf dem Kopf oder sie war ohne Verrenkungen nicht durchführbar. Die Mutter zeigte es ihr zu Hause noch einmal. Wieder schaffte sie es nicht. Beim zweiten Mal Zeigen hatte Theresa die Handarbeit auch schon fertig. Und zeichnen war sowieso Theresas Lieblingsbeschäftigung. Ruth schämte sich für die Puppengesichter der Mutter.

Un-Heimlichkeiten

Franz war zwar noch nicht gesund, aber er konnte wieder arbeiten. Weil die Kinder schon größer waren und man jetzt auch ein Auto - gepflegtes und gehätscheltes jüngstes Familienmitglied namens „Little" – zu finanzieren hatte, ging auch Theresa weiterhin ihrer Arbeit als Näherin nach. Peters musikalische Aktivitäten wurden nach wie vor sehr unterstützt, jeden Nachmittag hatte er Unterricht für irgendein Instrument oder Orchesterprobe. So blieb also Ruth nach der Schule allein zu Hause. Sie war Gymnasiastin und ein echter Kerl, dem es nichts ausmachte, allein zu sein.

Wenn Franz von der Arbeit heimkam, mussten die Hausaufgaben fertig sein. Das war Gesetz. Erst die Arbeit, dann das Spiel.

Ruth blieb nicht allein. Sie setzte sich an den Wohnzimmertisch und begann mit den Mathematikhausaufgaben, das waren ihr die liebsten. Da begann es hinter ihr zu knacksen. Nun, so setzte sie sich eben ans andere Tischende und konnte der Gefahr ins Auge sehen. Jetzt knackste es jedoch wieder hinter ihr und – hörte sie nicht etwas kichern? Von allen Seiten kamen Geräusche. Sie verrechnete sich immer wieder, dabei konnte sie sonst die Mathe-Aufgaben im Schlaf erledigen. Ruth war nicht so kindisch, an Gespenster zu glauben. Vor Einbrechern fürchtete sie sich auch nicht. Die kamen durch die Tür oder schlimmstenfalls durchs Fenster, aber sie hingen nicht an der Decke. Irgendetwas Geheimnisvolles ging vor sich, für das sie keinen Namen hatte. Als es über ihr auch noch polterte, war das Maß voll. Das Herz blieb ihr fast stehen. Ruth nahm ihre Straßenschuhe in die Hand und verließ schleunigst die Wohnung. Draußen erst zog sie sich an. Dann verbrachte sie den Nachmittag bei ihrer Freundin. Sie hatte die Hausaufgaben nicht machen können.

Der Abend kam. Mit ihm und dem Vater kamen die Prügel. Sie musste den ganzen Abend lernen, während die anderen fernsahen.

Am nächsten Tag kamen die Geräusche wieder und sie war wieder gezwungen, die Wohnung zu verlassen. Am Abend aber wollte sie klüger sein und dem Vater die alten Hausaufgaben vorlegen. Franz war nur zufrieden, wenn sie alles auswendig konnte. Er konnte nicht zwischen Wichtigem und Unwichtigem unterscheiden. Für Ruth war das kein Problem, weil sie ein beinahe eidetisches Gedächtnis hatte. Sie sah die Buchseiten vor ihrem inneren Auge, und brauchte praktisch nur abzulesen. Da sie am Vorabend aber unter starkem Druck, also unter ungünstigsten Bedingungen gelernt hatte, funktionierte das diesmal nicht. Wieder gab es Prügel und wieder lernte sie den ganzen Abend lang, Nur war es diesmal das Falsche. Die alten Hausaufgaben lernte sie nur noch für den Vater. Vielleicht auch für das Leben, aber nicht für den morgigen Schultag. Sich dem Vater anvertrauen, das konnte sie nicht. Womöglich würde er sie zwingen, zu Hause zu bleiben und sie so dem Unheimlichen ausliefern. Noch nie hatte ihr der Vater geholfen, wenn sie in Not war. Die Not war höchstens durch Strafen und Verbote vergrößert worden. Sie musste sich selbst retten.

Am nächsten Vormittag versuchte sie in den kurzen Pausen zwischen den Schulstunden noch möglichst viel in sich hinein zu pauken. Während der Schulstunden schrieb sie die schriftlichen Aufgaben für die jeweils nächste Stunde ab. Nur die begabtesten Schüler durften dafür ihre Hefte zur Verfügung stellen, schließlich wollte sie sich nicht blamieren. Das Ganze erforderte eine minutiöse

Planung bezüglich Reihenfolge und Wichtigkeit –
über Jahre, tagaus, tagein.

In ihrer Klasse hatte sich ein Gebetskreis gebil-
det, der sich in jeder großen Pause mit Sonderge-
nehmigung des Direktors im Klassenzimmer traf.
Dem schloss sie sich an und konnte somit unbehel-
ligt von der Pausenaufsicht Hausaufgaben ab-
schreiben. Gewissermaßen bewahrte sie das Kir-
chenasyl vor der Verfolgung durch die Lehrer,
leider jedoch nicht vor der Verfolgung durch den
Vater. Wenn ein Extemporale zu erwarten war,
dann mussten unwichtige Fächer geopfert werden.
Nicht selten passierte es, dass es das Extemporale
dann in einem der geopferten Fächer gab. Dann
gab es schlechte Noten und wieder Prügel. Die
Arbeit eines Managers konnte nicht schwerer sein.

Moralisches

Wir wollen noch einmal ein wenig abschweifen von unserer Familie und uns in der Nachbarschaft umsehen.

Herr Berger war Krämersohn, seine Frau entstammte einer kleinen Gastwirtschaft. Von frühester Kindheit an wussten beide, dass man Anstellungen nicht nahm, sondern gab. So war es nicht verwunderlich, dass sie gemeinsam eine Heizölfirma gründeten. Sie hatten die Zeichen der Zeit erkannt und ihre Firma eröffnet, als noch die meisten Haushalte mit Holz und Kohle heizten. Lange gab es weit und breit keine andere Heizölfirma und ihr Kundenkreis wuchs zusehends. Bereits einige Jahre vor der Heirat war ihre Tochter geboren. Ein uneheliches Kind war damals etwas Unerhörtes. Nicht für die Bergers. Sie scherten sich nicht um die öffentliche Meinung und so scherte sich die öffentliche Meinung auch nicht um sie.

Die Religionszugehörigkeit der Bergers war römisch katholisch – laut Pass. Sie genossen die festlichen katholischen Zeremonien von Hochzeit, Taufe und Kommunion. Aber einen Gott kannten sie nicht. Sie wussten ganz genau, wie man mit

Schulden zu Wohlstand kam. Sie wussten, was man von der Steuer absetzen konnte und wie man private Ausgaben mit geschäftlichen verknüpfte.

Für Franz Scherff war es unmoralisch, Geld auszugeben, das man sich nicht bereits ehrlich verdient und angespart hatte. Für Franz Scherff war es auch unmoralisch, sich um die Verpflichtung der Zahlung von Abgaben zu drücken. Für Franz Scherff war das unmoralisch. Für die Familie Berger nicht.

Frau Berger war früher Schönheitskönigin gewesen, Herr Berger erfolgreicher Sportler. Jetzt hatte der Reichtum ihre Körper verformt. Jeden Tag fuhren sie mit ihrer Tochter Sabine in die umliegenden Dörfer zum Kaffeetrinken und zum Abendessen, weil sie es sich leisten konnten – das waren Spesen – und weil sie sich bei ihren Kunden in Erinnerung bringen wollten. Die Kunden fühlten sich jetzt ihrerseits verpflichtet, das nächste Heizöl wieder bei Familie Berger zu bestellen. So hatten die Bergers beim Tortenessen jede Menge Geld verdient.

Sabine war der Reichtum in die Wiege gelegt worden. Sie war pummelig mit einem Mund voller schwarzer Milchzahnstummel. Aber auch den

Ehrgeiz der Eltern hatte sie mitbekommen. So wurden die zweiten Zähne tadellos weiß, von einer Spange begradigt. Und sie ward ein schlanker, hübscher Teenager. Obwohl Sabine nie in die Kirche ging und nichts von christlicher Nächstenliebe wusste, benahm sie sich immer freundlich und rücksichtsvoll, und lästerte nie über andere. Vielleicht konnte sie sich, gerade weil sie nie in die Kirche ging, keine Unhöflichkeiten leisten, denn sie hatte keinen Gott, der ihr vergeben hätte.

Sabine war Ruths allerbeste Freundin. Zu Sabine flüchtete sich Ruth Nachmittag für Nachmittag. Somit war Ruth immer dabei, wenn es um das Verpflichten der Kundschaft ging. Ruth mochte es ganz und gar nicht, jeden Tag mit einer leichten Übelkeit im Magen viele Kilometer auf dem Rücksitz des nach Diesel stinkenden Mercedes zurückzulegen. Es war ihre einzige Alternative zum Alleinsein mit den unheimlichen Geräuschen. Was ihr gefiel, das war, dass sie so viel bestellen durfte, wie sie wollte und alles, was sie wollte. Aber sie traute sich nicht. Brav bestellte sie den gleichen Kuchen wie ihre Freundin, obwohl sie lieber Torte gegessen hätte. Sie wollte niemandem zur Last fallen. Sie konnte es sich nicht vorstellen, dass es

Leute gab, bei denen Geld keine Rolle spielte und die es nicht einteilen mussten. Familie Berger war froh um die zusätzliche Esserin, die es ihnen ermöglichte, eine größere Zeche zu machen. Ihre eigenen Kapazitäten erhöhten sie dadurch, dass sie vor dem Essen Galle-Tabletten zu sich nahmen. Bei diesen Kaffeefahrten wurden Ruth die feinen Tischmanieren gelehrt: Auch sie konnte bald harte Florentiner mit der Kuchengabel essen und den kleinen Finger anmutig abspreizen.

Sabine bot sich an, Ruth das Klavier spielen beizubringen. Ruth war glücklich. Nachmittage lang hätte sie mit Fingerübungen zubringen können. Aber sie traute sich nicht. Sie wollte auch ihrer besten Freundin nicht zur Last fallen, obwohl Sabine beteuerte, dass es ihr Freude machte Lehrerin zu spielen. Worten misstraute Ruth. Anderen Leuten gegenüber setzte man eine Maske auf und war nett. Die Höflichkeit erforderte es, dass man das anbot, was der andere begehrte. Die Höflichkeit erforderte es aber auch, solche Angebote abzulehnen. Also wurde es nichts mit dem Klavierunterricht.

Manchmal wurde Ruth zusammen mit Sabine eingekleidet. Sie gehörte fast ein bisschen zur Fa-

milie Berger und wurde kurzerhand zur Ersatz-
tochter erklärt. Die Ersatzeltern schimpften nie.
Auch nicht, als sie im Übermut einem fremden
Herrn auf die Glatze gespuckt hatte.

In ihrer Ersatzfamilie fühlte sich Ruth rundum
wohl. Innerlich war sie in beständiger Sorge, ob sie
es schaffen würde, vor dem Vater nach Hause zu
kommen und somit unentdeckt zu bleiben. Täglich
musste sie aus der elterlichen Wohnung fliehen.
Und täglich kamen die Prügel. Sie hatte Angst vor
den Geräuschen mit ihren namenlosen Gefahren.
Sie hatte Angst vor der Schule – vor dem Versagen
und vor schlechten Noten. Und sie hatte Angst vor
der strafenden Hand des Vaters. Sie war kein Primus mehr, sie war jetzt Angsthase.

Heldin in der Glocke

Wenn die Angst zu groß wurde, schaltete sich ihr Gehirn kurzzeitig ab. Epilepsie nannten es die Ärzte und verschrieben Medikamente. Mit denen hatte sie jetzt wirklich epileptische Anfälle. Die Medikamente machten sie still. Sie konnte jetzt nichts Falsches mehr sagen. Die Medikamente nahmen ihr jede Traurigkeit. Und sie nahmen ihr ihre Ausgelassenheit. Die Medikamente waren ihre Käseglocke. Alles war weit weg. Nur die Angst nahmen sie nicht. Die Angst war da. Sie war allgegenwärtig. Ruth hatte Angst, beim Schwimmen zu ertrinken, sie hatte Angst vor Nachbars Dackel, sie hatte Angst vor fremden Menschen. Auf die Fragen der Lehrer antwortete sie nicht mehr. Sie hatte Angst, etwas Falsches zu sagen. Schweigen war nie falsch. Manchmal passierte es, dass ein Lehrer hartnäckig auf seiner Frage beharrte und partout auf die Antwort wartete. Dann saß sie auf ihrem Platz und wartete auf das Pausenzeichen. Nach fünf bis zehn Minuten tat ihr der Lehrer leid und sie hätte gern geantwortet, aber sie wusste die Frage schon längst nicht mehr. Ruth erreichte damit unfreiwillig etwas, wovon die Lehrer nur träumen konnten: dass die ganze Klasse den Atem anhielt und mucksmäuschenstill blieb.

Die Schule war für Ruth nicht mehr besonders wichtig. Sie besuchte die nur der Vollständigkeit halber. Schließlich studierte sie nebenher. Die Professoren fürchteten sie wegen ihrer Diskussionsfreudigkeit und ihrer kritischen Fragen. Oft musste sie die Schulstunden unterbrechen, weil sie Erste Hilfe leisten musste. Oder sie wurde zu einer schwierigen Operation gerufen, die ihre Ärztekollegen nicht durchführen konnten. Die Lehrer bewunderten sie wegen ihres Erfolges.

Auch als Pianistin war sie sehr gefragt. Fast täglich gab sie irgendwo ein Konzert. Manchmal sprang sie auch für eine erkrankte Opernsängerin ein. Diese hatte es schwer, nach ihr wieder vom Publikum angenommen zu werden. Sie hatte jetzt wirklich jede Menge zu tun.

Ihre Welt nahm sie vollkommen gefangen. Sobald sie das Lateinbuch in Händen hielt, hatte sie irgendwelche ruhmreiche Taten zu vollbringen. Im Badezimmer verbrachte sie viel Zeit, obwohl nur wenig Wasser an ihren Körper gelangte. Sie musste schließlich die Lateinbuchtaten vollenden. Meistens schlossen sich auch gleich neue Heldentaten an. Wenn sie mit dem Fahrrad von der Schule heimfuhr, brauste sie auf der Harley Davidson zu einem Konzert. Oder sie ritt auf einem ihrer Pferde, meistens auf dem schwarzen. Beim Abendessen mit der Familie konnte sie das „Glotz nicht so" des Vaters nur kurzzeitig aus einer interessanten Diskussion mit irgendwelchen Persönlichkeiten herausreißen. Nur am Vormittag hatte sie keine Zeit für solche Dinge: Da war sie vollauf damit beschäftigt, ihr schulisches Überleben zu organisieren.

Gott war bestechlich. Man legte ein Gelübde ab und er würde gute Noten machen. Aber Gott hatte auch nicht gelernt. Leichte Schulaufgaben schaffte er, dann musste sie abends zwei Vaterunser beten. Darüber schlief sie ein. Obwohl Gott selten half, häuften sich die Vaterunser an. Normalerweise konnte sie nicht gut einschlafen. Sie hatte Angst zu sterben. Wer unartig war, kam ins Fegefeuer oder sogar in die Hölle. Vor Feuer hatte sie Angst.

In dieser Zeit berichteten die Zeitungen von einem erfolgreichen Gesundbeter, der schon viele Menschen geheilt hatte. Franz befreite seine Tochter vom Unterricht, polierte noch einmal gründlich das Auto und fuhr mit ihr zum Gesundbeter, der sie von ihrer Krankheit befreien sollte. Der Gesundbeter war gerade krank. Dass an der Beterei etwas faul war, hatte Ruth schon längst bemerkt.

Franz und Peter waren eifrige Fußballfans. Der Fußballspiele wegen hatte man einen Fernseher angeschafft. Ruth war der Welt beste Fußballspielerin. Sie bescherte der Nationalelf viele Siege. Beim Turnunterricht machte sie lieber nicht mit. Sie hatte Angst, zu stolpern oder von den Geräten zu fallen.

Wenn sie zum Einkaufen in die Großstadt fuhren, musste sie in ihrem Laden nach dem Rechten sehen. Sie kontrollierte, ob sich die Verkäuferinnen höflich zu den Kunden benahmen und ob alles richtig ausgezeichnet war.

In der Klasse begann man sich zu paaren. Alle Mädchen hatten einen Freund. Sie hatte drei. Mit zweien hatte sie Sex, der dritte war schwul. Mit dem konnte sie über alles reden. Außerdem hatte sie immer hübsche Männer um sich. Richtige Männer, nicht die Knaben von der Klasse.

Wahres Leben

Nachdem Peter und Ruth nun fast erwachsen waren, war es nicht mehr schicklich, sie im gleichen Zimmer schlafen zu lassen. Die Familie zog in eine größere Wohnung um. In ein Haus mit Jägerzaun und elektrischem Rasenmäher, denn sie waren eine ordentliche Familie, die jeder Vermieter gerne nahm. In dem Haus befand sich außer der Scherffschen Wohnung nur noch eine leer stehende. Hier gab es keine Geräusche. Ruth war endlich wieder allein und konnte arbeiten. Es war schwer, die schulischen Lücken der letzten Jahre wieder aufzuholen. Aber es war möglich, sich über Wasser zu halten. Primus konnte sie nicht mehr werden.

Genauso intensiv wie das Auto pflegte Franz auch seine Krankheit. Die Diätvorschriften des Arztes wurden aufs Genaueste befolgt. Kein Gramm Fett und kein Körnchen Salz durften ins Essen. Die ganze Familie musste sich an geschmacklose Mahlzeiten gewöhnen. Das Bierchen am Abend wurde gegen Traubensaft eingetauscht. Nur das Rauchen konnte er nicht lassen – und das Sichaufregen. Trotzdem kam seine Leberzirrhose

zum Stillstand. Die Ärzte fanden das kolossal –
nach so vielen Jahren. Das hatten sie noch nie erlebt. Im Interesse der Wissenschaft musste man
sich das von innen ansehen. Therapeutisch notwendig war der Eingriff nicht, aber höchst interes-
sant. Wehe dem Patienten, der sich erlaubt gesund
zu werden. Die Zirrhose nahm wieder ihren Lauf.
Franzens Zustand verschlechterte sich rapide. Die
Anzahl der Medikamente, die er zu seinen faden
Mahlzeiten schlucken musste, wuchs. Und damit
sank die Anzahl der intakten Organe in seinem
bemitleidenswerten Körper auf null. Franz suchte
Trost in der Bibel. Und er fand ihn. Die Hoffnung
auf ein besseres Leben nach dem Leben ließ ihn
sein Schicksal ertragen. Er bereitete sich und seine
Familie auf den Tod vor. Mit Theresa besprach er
immer wieder alle Einzelheiten seines Begräbnis-
ses. Schlicht sollte es sein, damit Theresa nicht so
viel bezahlen müsste. Und verbrannt wollte er
werden, denn wenn er in einer Urne steckte, dann
konnte er immer bei seiner Familie bleiben.

Peter musste ihm versprechen, seinem Vaterland nicht den Dienst zu verweigern und zur Bundeswehr zu gehen. Stellvertretend für ihn, dem
eine solche Ehre immer versagt geblieben war.

Peter war Pazifist. Für Peter gab es nichts Schlimmeres als Bundeswehrsoldat zu werden und mit einem kurzen Haarschnitt herumzulaufen. Weil er dem todkranken Vater seinen Herzenswunsch nicht abschlagen konnte, konnte er auch nicht, wie seine Freunde so richtig gegen die strengen Normen der Eltern aufbegehren. Der Vater sollte beruhigt sterben können. Sein Ventil waren seine Band und die Musik, deren englische Texte der Vater nicht verstehen konnte. Peter musste auch versprechen, sich seiner kleinen Schwester anzunehmen. Das war er ja gewöhnt, es war das kleinere Übel.

Mit Ruth über seinen Tod zu sprechen, das brachte Franz nicht fertig. Sie war noch zu jung, und ihre Beziehung war zu innig.

Franz wurde zusehends schwächer. Er strafte nicht mehr. Ruth wurde wieder ein bisschen Junge. Ein Junge mit vielen weiblichen Hormonen. Und mit wenig weiblichen Reizen. Als „schlechte Esserin" war sie dünn wie ein Strich, ohne jegliche frauliche Formen. Sie durfte inzwischen auch Hosen anziehen. Vorzugsweise trug sie die abgetragenen Jeans des Bruders, was die Jungenhaftigkeit ihrer Figur unterstrich. Ihr Körbchen-BH war der kleinste, den es gab und er war immer noch um einige Nummern zu groß. Sie schämte sich wegen dieses Kleidungsstücks, das meistens nur im Kleiderschrank lag. Ihre großen wasserblauen Augen hätte man in Verbindung mit dem braun gebrannten Gesicht und den dunklen Haaren als hübsch bezeichnen können, hätten sie nicht einen solch verängstigten Ausdruck gehabt. Zudem schielte das linke Auge mit Beharrlichkeit nach innen. Auch die große, fernsehförmige Brille mit dem dicken Horngestell hatte daran nichts ändern können. Ruths zunehmende Eitelkeit ließ die Brille aus dem Gesicht verschwinden. Die kurze fliehende Stirn verweigerte einer Ponyfrisur den Halt, was Ruth sehr bedauerte. Zusammen mit dem fliehenden Kinn ließ sie die Nase noch größer erscheinen, als sie sowieso schon war. Die Haare endeten kurz unterhalb der Ohren. In zwei störrischen Bogen betonten sie das, was sie eigentlich gnädig verdecken sollten. Die vielen Pickel im Gesicht zeugten von Ruths ungezügelter Leidenschaft für Schokolade und alles Süße. Für teures Geld hatte sie einer geschäftstüchtigen Mitschülerin mit Pfirsichhaut deren Creme abgekauft. Aber bei ihr wurde nichts Pfirsich. Dermaßen von der Natur ausgestattet, verwundert es nicht, dass das andere Geschlecht keinerlei Notiz von ihr nahm. Betrachtete sie sich im Spiegel, dann flüchtete ihr Blick meistens in die Augen. Sie beobachtete, wie ihre Pupillen immer größer und größer wurden. Sie schienen das Blau sprengen zu wollen. Ruth riss sich los, um dann doch wieder gebannt die Vergrößerung zu verfolgen. Die schwarzen Pupillenlöcher drohten sie zu verschlingen. Da half nur die Flucht in einen spiegellosen Raum. Jedes Mal schien es Rettung in letzter Minute zu sein.

Die Käseglocke wurde ihr immer lästiger. Deshalb nahm Ruth jetzt fast keine Medikamente mehr. Wenn die Eltern während der Mahlzeit kurzzeitig das Zimmer verließen, ließ sie schnell ihre Tablette im Schuh verschwinden. Nur selten gelang das nicht. Und die epileptischen Anfälle hörten auf.

Eines Nachmittags, Ruth saß gerade über ihrer Englisch-Hausaufgabe, als ihr Kopf zur Seite gezogen wurde, und gleich darauf zur anderen. Wie ein Tennisball ging der Kopf ständig hin und her. Er gehorchte ihr nicht. Sie hörte auch ihre Stimme – unartikulierte Laute. Sie wachte und befand sich doch mitten in einem Albtraum: Etwas geschah mit ihr, sie hatte keinen Einfluss darauf. Oft war ihr nachts schon das Gegenteil passiert: Sie hatte sich bewegen und rufen wollen, aber beides gelang ihr nicht. Dann hatte sie immer Angst scheintot zu sein und lebendig begraben zu werden.

Der Anfall schien eine Ewigkeit zu dauern und war doch ganz schnell vorbei. Ruths erster und einziger Gedanke war, den Vater per Telefon um Hilfe zu rufen. Auf dem Fußboden ihres Zimmers lagen einige Kartons – untrügliches Zeichen für die Abwesenheit des Vaters – an denen sie sich vorbeischlängeln musste. Aber auch die Füße gehorchten ihr nicht. Sie traten jedes Mal exakt neben die angepeilte Stelle und direkt auf die Kartons, gerade als wollten sie Ruth ärgern. Auch dieser Weg nahm ein Ende und Ruth stand schließlich vor dem Telefon. Da stand sie und wusste nicht weiter. Welche Nummer hatte der Vater? Fremd schaute sie das Telefon an – sehr lange.

Bis sie auf der Wählscheibe die drei Nummern entdeckte: Feuer, Notruf und – natürlich, die dritte Nummer war die des Vaters. Sie wählte: besetzt und immer wieder besetzt. Jetzt dämmerte es ihr: Die dritte Nummer war wohl die des Vaters, aber nur dann, wenn er zu Hause war. Sie rief ja bei sich selber an. Wie aber konnte sie die andere Nummer des Vaters finden? Das Kästchen neben dem Telefon entpuppte sich als Telefonverzeichnis. Da brauchte sie nur nachzusehen. Nach welchem Namen aber sollte sie suchen? Wie hieß der Vater? „Vati" stand nicht im Verzeichnis. Immer wieder blätterte sie es durch. Alle Namen waren ihr fremd. Erst nach dem neunten Durchgang wusste sie plötzlich, dass der Name Scherff der richtige war. Noch während sie wählte, wurde ihr aber klar, dass es sich bei Scherff Wilhelm um den Onkel handelte. Wieder nichts! Ein anderer Scherff stand nicht da. Warum aber nicht? Natürlich, er arbeitete und die Firma hieß anders. Aber wie? Wieder musste sie das Verzeichnis durchforsten, und wieder fehlte jegliches Bekanntheitsgefühl. Schon war sie der Verzweiflung nahe, als ihr auf einmal alles wieder einfiel. Sie hatte ihr Gedächtnis wieder, Kopf und Füße gehorchten, warum also sollte sie den Vater anrufen? Sie hatte sich das Gehirn zermartert, endlich wusste sie die richtige Telefonnummer und nun brauchte sie sie nicht mehr. Ist es nicht oft so im Leben: Sobald man sein langersehntes Ziel erreicht hat, ist es plötzlich unwichtig geworden.

Ein oder zwei Jahre früher hatte sie einmal unter einer heftigen Nierenkolik gelitten. Sie hatte sich überhaupt nicht bewegen können, so unerträglich waren die Schmerzen gewesen. Trotzdem hatte sie den Eltern nie etwas davon erzählt. Sie fürchtete Vaters Strafe, weil sie damals an Fasching die so modernen „Hotpants" getragen hatte. Wurde der Vater schon fuchsteufelswild, wenn sie im Sommer einen dünnen, kurzärmligen, aber eben leider gestrickten Pullover anziehen wollte, wie würde er erst bei kurzen Hosen im Winter reagieren. Diesmal jedoch war sie sich keiner Schuld bewusst. Das ganze Ereignis war auch zu rätselhaft und beängstigend, als dass sie es hätte für sich behalten können. Die Reaktion der Eltern war so, als hätte sie vom Mittagessen berichtet. Sie musste allein fertig werden mit diesem einzigen Anfall, den sie bewusst erlebt hatte. Er war der letzte und weit weniger dramatisch als die anderen, die sich alle nachts ereignet hatten. Nur aufgrund der Behutsamkeit, mit der man sie am jeweils nächsten Morgen behandelt hatte, konnte sie ahnen, dass etwas nicht stimmte.

Nicht nur die großen Anfälle, auch die Absencen blieben weg. Sie waren unnötig geworden.

Irgendwann kamen die Eltern dahinter, dass Ruth ihre Medikamente nur noch wegwarf. Das gefürchtete Donnerwetter blieb aus, der Vater schimpfte nicht. Zum ersten Mal schimpfte er nicht. Er sagte gar nichts. Er setzte sich in seinen Sessel und schaute nur vor sich hin. So hatte Ruth den Vater noch nie erlebt. Sie nahm jetzt die Tabletten wieder ganz regelmäßig. Freiwillig. Trotzdem kamen die Anfälle und die Absencen nicht mehr.

Die Sprachlosigkeit war Ruth geblieben. Sie hatte das Sprechen verlernt. Sie hatte auch immer noch Angst etwas Falsches zu sagen. Schweigen hatte sich bewährt. Ihre Freundin Sabine hatte viele Freunde, Sabine war sehr beliebt. Weil Ruth Sabines beste Freundin war, war sie mitbeliebt. Was Sabine sagte, galt. Ruth besprach ihre Ideen mit der Freundin und Sabine sagte sie weiter. Sabine war Ruths Sprachrohr. Es war nicht notwendig, dass Ruth selbst sprach und das Risiko des Sichblamierens einging. Sabine sorgte auch dafür, dass ab und zu ein Junge mit Ruth tanzte und sich auf die Füße treten ließ.

Ruths Ängste waren resistent. Mehr oder weniger waren sie alle noch da. Nur das Alleinsein brauchte sie nicht mehr zu fürchten.

Sie hatte jetzt nicht mehr ganz so viel Arbeit. Die anderen Ärzte waren besser geworden und man brauchte sie nur noch ganz selten. Das Studium war abgeschlossen. Konzerte gab sie nur noch gelegentlich.

Peter war Redakteur einer Schülerzeitung. Er veröffentlichte einmal einen kleinen, von Ruth verfassten Artikel. Jetzt war sie auch Schriftstellerin. Der Name unter dem Artikel war schlecht gedruckt und jeder hielt ihn für das Werk ihres Bruders. Es war schwer, in der realen Welt Ruhm zu erlangen.

Endlich hatte Ruth, als Ergebnis langjährigen Quengelns und des Fortschreitens der Elektronik ein quietschendes Harmonium bekommen. Auf jeden Fall klang es bedeutend besser als der Küchentisch. Dass es quietschte, war gut, so hörte man nicht, wenn sie falsche Töne spielte. Für falsche Töne hatte Ruth kein Gehör, die gab es für sie nicht. Auch sonst hatte sie eine einzigartige, eigenwillige Spielweise. Notenwerte wurden bei ihr bedeutungslos. Jede Note wurde gerade so lange gespielt, bis die nächste gefunden war. Eine wahrhaft kreative Künstlerin steckte in Ruth. Wenn die Musikerkollegen ihres Bruders zu Besuch waren, setzte sie sich ans Harmonium und gab Kostproben ihres Könnens. Endlich konnte sie zeigen, dass auch sie musikalisch begabt war. Vielleicht würde sie doch einmal entdeckt werden.

Sorgfalt

Peter war immer ein mittelmäßiger Schüler gewesen. Er kannte nicht die schulischen Höhen, aber auch nicht den Abgrund. Nachmittags war er in Sachen Musik unterwegs, also auch nie irgendwelchen geheimnisvollen Geräuschen ausgeliefert. Er durfte auch noch am Abend lernen. Für seine Hausaufgaben war die Mutter zuständig. Theresa konnte zwischen Wichtigem und Unwichtigem unterscheiden. Sie machte bei der Überprüfung der Aufgaben nur Stichproben. Ein einziges Mal hatte auch Peter Prügel bezogen – die pädagogisch notwendigen Ohrfeigen seien hier nicht gezählt. Peter und Ruth hatten während der Hausaufgaben gestritten, eine der üblichen Geschwisterstreitigkeiten. Dabei war ein großer schwarzer Tintenklecks auf der frischen weißen Wohnzimmertapete gelandet. Und das in einem Haushalt, in dem keinerlei kindliche Unregelmäßigkeiten zugelassen waren. Nacheinander mussten sie ihre Prügel abholen, und dann wurde ein Bild über den Fleck gehängt.

Gern sahen es die Eltern, wenn Peter seinen außerschulischen Interessen nachging. Er brauchte nur Bescheid zu sagen und konnte dann fortgehen. Ruth musste zuerst fragen und bekam dann häufig keine Erlaubnis. „Lerne zuerst" hieß es gewöhnlich. Wegen der früheren Anfälle, die ja nachts aufgetreten waren, ließen die Eltern Ruth vor allem abends selten und wenn, dann ungern und nur nach langen Diskussionen ausgehen. Sie sollte schließlich niemandem zur Last fallen. Außerdem war die Krankheit ein streng gehütetes Familiengeheimnis, man befürchtete das Gerede der Leute. Zum anderen war die Krankheit ein willkommener Vorwand. Ein Mädchen konnte schwanger werden – man wusste ja, wie schnell das ging. Mit Aufklärung hatten Franz und Theresa nichts am Hut. In der Familie Scherff war es üblich, dass Franz anordnete. Da wurde nichts besprochen, schon gar nicht solch hochpeinliche Dinge.

Peter ging nach dem Abitur zur Bundeswehr. Das hatte er versprochen. Was er versprochen hatte, das hielt er, auch wenn der Vater noch lebte. Irgendwie ging auch dieses Jahr zu Ende und die Haare würden wieder wachsen. Militärischer Drill war ihm schließlich nicht ganz fremd. Danach zog er in die Kleinstadt F., um dort zu studieren. Er sollte es später zum Professor bringen und weit mehr erreichen, als sich der Vater für ihn erhofft hatte.

Damit der Rest der Familie zusammen bleiben konnte, beschloss Franz in die Großstadt zu ziehen. Dort gäbe es für Ruth reichlich Möglichkeiten eine Arbeit als Sekretärin zu finden, ohne eine eigene Wohnung mieten und die Mutter verlassen zu müssen. Mit einer Heirat rechnete er schon nicht mehr.

Peter gefielen die Umzugspläne ganz und gar nicht. Er lebte jetzt zwar in F., aber das Elternhaus war bisher eine unkomplizierte Verbindung zum alten Freundeskreis gewesen. Auch Theresa war nicht begeistert, sie trennte sich nur ungern von Gewohntem. Wie es ihre Rolle als Ehefrau verlangte, fügte sie sich jedoch dem Willen des Mannes. Ruth dagegen war glücklich. Die Großstadt war für sie das Paradies schlechthin. Hier würden ihr alle Wege offen stehen. In der Großstadt konnte man erfolgreich sein, was auch immer sie sich darunter vorstellte.

Unter größten Anstrengungen hatte Franz die neue Wohnung in der Stadt renoviert. Weder Muskelkrämpfe noch Nierenkoliken konnten ihn zu einer Pause zwingen. Schließlich war es geschafft, sie zogen um. Franz war es gewohnt, jeden Ort, den er verließ, ordentlich zu hinterlassen. Und so wollte er auch das Leben verlassen: Theresa und Ruth wohnten in der Großstadt und Peter war bei der Bundeswehr gewesen. Jetzt konnte er sich zurücklehnen und sterben. Zu Hause wollte er sterben, in seinem eigenen Bett, bei der Familie, ohne Apparate und Krankenschwestern. Das Blutgerinnsel in seiner Speiseröhre war schon geplatzt, es gab keine Rettung mehr für ihn. Also verschwieg er Theresa die Tatsache, dass er immer wieder Blut spuckte. Bis er eines Nachts zu schwach war, um alleine aufzustehen. Ruth hörte in ihrem Zimmer die leisen Stimmen der Eltern, den verzweifelten, aufgeregten Klang der mütterlichen Stimme. Augenblicklich war ihr klar, dass es jetzt zu Ende war mit dem Vater.

Franz ließ sich von Theresa überreden, doch ins Krankenhaus zu gehen. Sie wollte noch nicht aufgeben, schließlich waren sie beide gerade erst vierzig Jahre – in dem Alter stirbt man nicht. Franz nutzte die letzte Gelegenheit in seinem Leben einmal nicht zu tun, was „man" machte. Er starb doch. Ruth war nicht in der Lage sein Krankenzimmer zu betreten. Am Vater hingen viele

Schläuche und der Brustkorb bewegte sich künstlich auf und ab. Im Nachbarbett schrie jemand. Ruth hätte eigentlich weinen müssen, aber der Vater hatte sie gelehrt, dass keiner wissen durfte, wie es in ihr aussah. Also blieb sie draußen und die Mutter bei ihr. Franz wurde Opfer seiner eigenen Grundsätze und blieb einsam in der Todesstunde.

Das Paradies

Ruth lebte jetzt in der ersehnten Großstadt. Auch sie war einsam geworden. Jetzt erst merkte sie, dass sie ihre beste Freundin in B. zurückgelassen hatte. Daran hatte sie vor lauter Vorfreude nicht gedacht. Die Mutter war da, aber die Mutter war ihr fern. Ruth war allein im Paradies. Das Paradies war uninteressant geworden. Sie saß in ihrem neuen Zimmer und wartete. Worauf sie wartete, wusste sie nicht. Dann ging sie schlafen. Gegen Mittag wachte sie auf, denn da kam ihr Vater zur Tür herein und ermahnte sie aufzustehen. Sie wusste genau, dass ihr Vater gestorben war, und doch war er da. Jeden Mittag kam er und weckte sie. Als Geist war ihr der Vater unheimlich, so wurde Ruth Frühaufsteherin und wartete weiter.

Das letzte Schuljahr musste Ruth in der fremden Stadt in einer fremden Schule verbringen. Die Lehrer wussten nichts von ihrer früheren Krankheit und nahmen keine Rücksicht. In B. hatte man ihr Schonzeit gewährt. Die Lehrer hatten bei ihr auf mündliche Prüfungen verzichtet. Man hatte Angst einen Anfall zu provozieren und sie in Ruhe gelassen. Damit war jetzt Schluss. Jede Nichtantwort gab eine schlechte Note. Sie antwortete nie. Immer noch konnte sie nicht antworten. Gott half gar nicht mehr. Der Lehrer Gräfenstein war Gesandter des Teufels – vermutlich war er sogar der Leibhaftige persönlich. Er genoss Ruths Unfähigkeit, zu sprechen, denn er genoss es, schlechte Noten auszuteilen. In jeder Stunde prüfte er alle Schüler, von denen er wusste, dass er ihnen schlechte Noten geben konnte. Ruth war immer die erste. Man glaube nur nicht, dass sie mit ein oder zwei Fragen davon kam – wie gesagt, der Lehrer genoss das. Die anderen Betroffenen litten zunehmend an Blasenschwäche und brachten ärztliche Atteste, die es ihnen erlaubten, zur richtigen Zeit das Klassenzimmer zu verlassen.

Ruth hatte ihren eigenen, bewährten Weg, sich der rauen Wirklichkeit zu entziehen. Sie begann wieder gelegentlich abzuschalten, sie hatte keine andere Wahl. Die Absencen, die sie früher gehabt hatte, konnten niemals unbemerkt bleiben. Sie hatte eine ganze Weile ins Leere gestarrt. Wenn sie gerade gesprochen hatte, unterbrach sie ihren Satz abrupt, was sie gerade tat, wurde sinnlos weitergeführt. Es war ihr zum Beispiel immer wieder passiert, dass sie mit dem Fahrrad eine rote Ampel überfuhr. Oder sie fand sich plötzlich auf der linken Straßenseite und wunderte sich, warum das Fahren auf einmal so kompliziert war. Jetzt, nach zwei Jahren absoluter Anfallsfreiheit waren die neuen Absencen nur noch ganz kurz. Fast nicht merkbar – für die anderen gar nicht. Wenn sie sprach, hörte sie noch während der Absence das Echo ihrer letzten Worte. Sie fügte nur ein kurzes „äh" ein und konnte dann problemlos den Gedanken weiterführen. Man hielt sie eben für ein bisschen unkonzentriert.

Gern hätte sie nach der Schule Mathematik studiert. Sie wagte es nicht, diesen Wunsch zu äußern. Mathematik durften nur Kluge studieren. Sie nicht. So wie es ihr nicht zustand, den Pokal ihres Bruders zu berühren. Und so wie es ihr vermutlich nicht zugestanden hatte, einen der begehrten Schulpullover zu tragen. Ihr, der schlechten Schülerin, die nie etwas zum guten Ruf der Schule beigetragen hatte und wahrscheinlich nur geduldet war in der Schulfamilie. Das Mathematikstudium blieb ihr also verschlossen.

Sie kannte aber nicht nur die Mathematik, sie kannte auch das Gefühl der Hilflosigkeit. Also lernte sie anderen zu helfen. Eine sprachlose Helferin konnte aber kaum einer gebrauchen. Nur im Kindergarten schätzte man sie manchmal als ruhenden Pol.

Der Mangel an weiblichen Formen, die Sprachlosigkeit und die Angst in den Augen ließen sie um einige Jahre jünger erscheinen, als sie wirklich war. Nun befand sich Ruth aber noch in einem Alter, in dem man nichts mehr hasst als jünger auszusehen. Also fieberte sie ihrem 18. Geburtstag und damit dem Führerschein entgegen. Wenn sie erst einmal am Steuer ihres Autos saß, würde endlich jeder wissen, dass sie erwachsen war. Alles hatte sie schon geplant: Die Autofarbe und Marke, für die Fahrertür – ihre Fahrertür - hatte sie Aufkleber besorgt und ein Kissen für den Rücksitz. Ein gemütliches Autochen wäre es geworden. Danach wäre natürlich noch ein Motorrad fällig gewesen – große Jungs hatten so etwas.

Beim Konjunktiv sollte es bleiben. Ruth denkt und Gott lenkt – oder wie der Schuft heißt, der alles im Leben durcheinanderbringen musste. Mit Absencen war die Unfallgefahr zu groß, der Arzt riet dringend vom Führerschein ab. Am ersten Schultag keine Kappe, jetzt kein Führerschein –

immer bekamen nur die anderen die Dinge, die sie begehrte.

Zum Trost kaufte sie sich eine sündhaft teure Armbanduhr und dann verreiste sie. Ruth reiste gern, seit sie allein in der Großstadt war. Jede freie Woche nutzte sie dafür, um vor der Einsamkeit zu fliehen. Meist konnte sie als Reisegefährtin eine der zahlreichen Cousinen oder eine Freundin aus B. gewinnen. Immer fuhr sie nach Frankreich, dort fühlte sie sich heimisch. Die Sprache war Gesang, die Menschen wirkten frei und unkompliziert und die Straßen waren unaufgeräumt. Diese Vorliebe war die heimliche, für sie selbst unbemerkte Rebellion gegen den geliebten Vater. Immer schon hatte sie sich hingezogen gefühlt zu den Andersartigen, die der strengen väterlichen Norm nicht entsprachen. Hier spürte sie Verwandtschaft, hier war gut sein. Niemals fuhr sie in Touristenorte, sondern sie mischte sich unter die Einheimischen. Dort war sie als Ausländerin immer etwas ganz Besonderes. Das tat gut. Ihre Unfähigkeit zu sprechen war jetzt ganz einfach ein Mangel an Sprachkenntnis. Damit stand sie im Mittelpunkt, ohne viel sprechen zu müssen. Ruth war süchtig nach diesem Gefühl.

Der Umzug und die neu aufgetretenen Absencen machten es erforderlich, sich in der neuen
Stadt nach einem Neurologen umzusehen. Der
Einfachheit halber wählte sie den in der Nachbarschaft praktizierende Dr. B., der das Rentenalter
schon weit überschritten hatte und beständig in
seinem großen Erfahrungsschatz schöpfte. Er
wusste nichts von Ruths früheren großen Anfällen.
Ruth wusste es auch nicht und konnte nur von den
neuesten, ganz kurzen Absencen berichten. Dr. B.
hielt ihre bisherige Medikation in diesem Fall für
absolut überflüssig. Sie sollte ihre drei täglichen
Tabletten jeweils im Abstand von einer Woche
weglassen. Und fertig! Vom Studium her wusste
Ruth, dass es gefährlich war, Medikamente gegen
Epilepsie abrupt wegzulassen. Aber es war das,
was sie sich immer gewünscht hatte. Am Vater
hatte sie schließlich gesehen, welche schlimmen
Nebenwirkungen Medikamente haben können. So
wollte sie nicht enden. Also ließ sie die erste Tablette weg. Und sie konnte nicht schlafen, sie hatte
Herzklopfen. Die ganze Nacht wälzte sie sich von
einer Seite auf die andere. Nach drei Nächten
konnte sie allmählich wieder ein wenig schlafen.
Nach einer Woche war es fast vorbei, sie ließ die

zweite Tablette weg. Wieder hatte sie nachts Herz-klopfen und konnte nicht schlafen. Jetzt war sie auch tagsüber nervös, ihre Hände zitterten und ließen sich nicht bändigen. Und wieder begann es nach drei Tagen besser zu werden. Große Angst hatte sie davor, auch noch die letzte Tablette weg-zulassen. Aber sie wollte das so unbedingt, sie würde die Entzugserscheinungen durchstehen und danach endlich ein ganz normales Leben füh-ren können. Wie erwartet hatte sie tags und vor allem nachts Herzklopfen. Die Hände bebten. Auch die Stimme bebte jetzt. Sie konnte überhaupt nicht richtig artikulieren. Immer wieder war ihr ganz seltsam zumute und sie fürchtete umzukip-pen. Fast eine Woche hielt sie das durch. Dann konnte sie nicht mehr und schluckte ihre Medika-mente. Wieder einmal hatte sie verloren.

Münchhausens Schopf

Eine neue Angst tauchte auf in Ruths Leben, die Angst als alte Frau noch Fräulein Scherff genannt zu werden. Und – noch schlimmer – womöglich auch wirklich noch Fräulein zu sein.

Die Großstadt bot die Möglichkeit, viele neue Menschen kennenzulernen. Die Großstadt bot auch die Möglichkeit, einmal zu tun, als wäre man nicht sprachlos und schüchtern. Länger als einen Nachmittag oder einen Abend war das aber nicht durchzuhalten. Und keiner der Männer, die sie kennengelernt hatte, war es wert, ihm das Fräulein zu schenken. Sie wäre es so gerne losgeworden. Inzwischen hatte sie sich zu einer zwar noch immer zu jung aussehenden, aber attraktiven Frau – Verzeihung, zu einem attraktiven Fräulein – gemausert. Den Jungen hatte sie abgelegt. Sie trug jetzt wieder Röcke. Freiwillig. Ohne Kittelschürze. Die Hüften waren gebärfreudig geworden. Die Hüften wohl, sie jedoch ganz und gar nicht. Niemals wollte sie freiwillig die Schmerzen und Unannehmlichkeiten einer Schwangerschaft und Geburt auf sich nehmen. Das Leben war schmerzhaft genug. Wenn auch die Hüften weibliche Formen angenommen hatten, der BH war für sie ein überflüssiges Kleidungsstück geblieben. Seine Funktion beschränkte sich darauf den Kleiderschrank zu füllen. Im Gesicht befanden sich nur noch einige kaum sichtbare Narben früherer Hautunreinheiten. Es war jetzt umrahmt von dichtem, langem Haar mit weicher Naturwelle. Lediglich die Schüchternheit verminderte ihre Attraktivität. Sie war zwar nicht gerade vom hässlichen Entlein zum Schwan mutiert, aber hässlich war sie auch nicht mehr.

Trotzdem interessierten sich die gutaussehenden Männer nicht für sie. Einen gab es, der sie verehrte und der nur mit größter Mühe abzuschütteln war. Aber was wollte sie mit einem, der aussah wie ein schüchternes Bübchen mit schlecht verheilter Akne.

Ab und zu interessierten sich dann tatsächlich Männer für sie. Aber die suchten keine Partnerin, sondern ein schüchternes Mädchen, das nicht sprach und sich nicht wehren konnte und wegen der Sprachlosigkeit auch nicht zur Polizei gehen würde. Meistens konnte sie sich mit List aus der Affäre ziehen – nicht immer.

Sie hatte einen Beruf, aber keine dauerhafte Anstellung. Die Eltern ihrer Kindergartenkinder beschwerten sich über sie, weil sie mit ihrer Sprachlosigkeit kein gutes Vorbild für ihre sprachbehinderten Kinder sein konnte.

Sie hatte gelernt, anderen zu helfen. Jetzt schien es an der Zeit sich selbst zu helfen. Wie Münchhausen wollte sie sich an ihrem Haarschopf packen und aus dem Sumpf des Schweigens ziehen. Sprechen wollte sie lernen. Sie kannte die Wörter, sie konnte sie artikulieren. Was sie nicht gelernt hatte, war das Umwandeln der Gedanken in Sprache. Dachte sie in Stichpunkten? Oft konnte sie selbst ihre Gedanken gar nicht erkennen. Was die anderen dachten oder wollten, das konnte sie gut erkennen. Dieser Umstand machte sie zu einer ausgezeichneten Schenkerin. Noch bevor die anderen wussten, was ihnen fehlte, hatte es Ruth schon zu einem Geschenk gemacht. Ihre Geschenke trafen immer genau den Geschmack und die Bedürfnisse der anderen. Ihre eigenen Bedürfnisse waren nie gefragt gewesen. Und so hatte sie auch nicht danach gefragt. Meistens hatte sie sogar die Bedürfnisse der anderen für ihre eigenen gehalten. Jetzt war sie neugierig geworden auf sich selbst. Lange

genug hatte sie die Welt beobachtet. Die Welt sollte noch von ihr hören.

Schaum- und andere Küsse

Jeden Morgen stand sie eine Stunde früher als nötig auf und dachte darüber nach, worauf sie sich an diesem Tag freuen könnte. Denn neben dem Eifer erfüllte sie auch eine gewisse Hoffnungslosigkeit. Erstaunlich, wie wenig Freuden der Alltag zu bieten hatte. Viel mehr als das Frühstücksei fiel ihr da nicht ein.

Danach überlegte sie sich einen Satz. Was sagte man so? Wie brachte man es an? Zu wem sollte sie sprechen? Den ganzen Tag trug sie ihren sorgfältig ausgewählten Satz mit sich herum. Viele Gelegenheiten hatte sie verpasst. Kurz vor Feierabend würgte sie ihren Satz doch noch heraus. Sie hatte sich die freundlichste Kollegin ausgesucht. Und es passierte nichts, sie wurde nicht ausgelacht. Sie bekam eine ganz normale Antwort. So, als hätte jemand anders diesen Satz gesagt. Am nächsten Tag überlegte sie sich einen Satz, der an die Antwort der Kollegin anknüpfte. Auch so kann man Unterhaltungen führen. Das war ungefähr wie Briefe schreiben, und Briefe schreiben konnte sie gut. Jeden Tag brachte sie jetzt einen Satz hervor, immer im allerletzten Moment. Sie begann sich an ihre Stimme zu gewöhnen und musste sich bald nicht mehr den ganzen Tag über räuspern, solange der Satz noch ausstand.

Ruth ging streng nach den Regeln der Verhaltenstherapie vor. Verhaltenstherapie war psychologische Mathematik:

1 Satz = 1 Mohrenkopf (so hießen damals die
Schaumküsse)
1 Satz an jedem Wochentag = 1 Theaterbesuch

Später überlegte sie sich 2 Sätze für 2 verschiedene Personen. Einfach war das nicht. Zu anderen Personen bestand eine beinahe unüberwindliche Distanz. Denn die anderen waren Erwachsene, und Erwachsene waren Autoritätspersonen. Zu Autoritätspersonen durfte man ungefragt eigentlich nicht sprechen. Gegenüber Autoritätspersonen war auch die Gefahr größer, einen Fehler zu machen. Sie fühlte sich wie in der Schule, wenn sie als Kind einem Lehrer gegenübergetreten war. Offenbar hatte Ruth selbst noch nicht kapiert, dass auch sie längst zu den Erwachsenen zählte. Aber sie hatte ein Ziel. Und sie hatte noch nie falsche Sätze gesagt. Ganz langsam steigerte sie den Schwierigkeitsgrad. Immer so viel, dass es zwar Mühe kostete, aber der Schaumkuss gesichert war. Als sie zu mehreren Personen je zwei Sätze sagen konnte, belohnte sie sich mit einem richtigen Klavier. Wer zwei Sätze sagen konnte, der wurde auch mit einem Mann belohnt. Adieu Fräulein!

Sonderling

Ein letztes Mal möchte ich zu einem Zeitsprung in ungefähr das Jahr 1940 einladen. Wir wollen noch einen Akteur in unser Buch abholen.

Mark Ruppert war ein Kriegskind, die Trümmer der Stadt waren sein Spielplatz. Während sich die Eltern in der nahen Nachbarstadt eine Wäscherei aufbauten, passte seine 10 Jahre ältere Cousine auf ihn auf. Sein Lieblingsplatz war unter dem Küchentisch, wo er freien Blick unter die Röcke der Cousine und ihrer Freundinnen hatte.

Er machte Abitur und begann die gehobene Beamtenlaufbahn. Das allerdings behagte ihm gar nicht. Mark war ein Sonderling, mit den Kollegen konnte er nichts anfangen, die Arbeit war eintönig und er fühlte sich eingesperrt. Wenn er mit mehreren Leuten zusammen sein musste, dann begann er zu schwitzen, sein Kopf wurde rot und er musste da unbedingt raus. So musste er auch unbedingt aus dieser Arbeit raus, und wenn sie ihm noch so viel Sicherheit bot.

Mark war ein Denker. Wirklich alles wurde infrage gestellt und alles, was sich schon einmal jemand ausgedacht hatte, wurde neu erfunden. Seine Erfindungen sahen oft eigenwillig aus, aber sie funktionierten immer. Er las Kant, Hegel, Schopenhauer, Nietzsche, und wie die Philosophen alle hießen. Natürlich stellte er dabei auch seine eigenen Thesen auf. So lag es nahe, dass er sich nach der Kündigung seiner Arbeitsstelle für ein Philosophie-Studium einschrieb. Nicht weil er etwas lernen wollte – dazu brauchte er keinen. Er sah auch keinen Sinn darin, das Studium abzuschließen und Prüfungen zu schreiben. Das hätte ihn nur wieder in eine unangenehme Situation gebracht. Der wahre Grund war die Möglichkeit, als Student den Orgel-Übungsraum der Universität zu nutzen. Zu Hause hatte er ein Klavier, dessen Nutzung aber durch die Ruhezeiten der Hausordnung stark eingeschränkt war. Außerdem war eine Orgel noch etwas viel Besseres. So verbrachte er die Tage seines Studiums im Orgelraum, abends las er weiter Philosophen. Weil er aber trotzdem von irgendetwas leben musste, übersetzte er in der Nacht philosophische Fachliteratur für verschiedene Verlage. Er ging sehr gründlich vor und Fehler passierten ihm keine. Deshalb war seine Arbeit sehr geschätzt, sodass es alle Verlage gern akzeptierten, dass er die übersetzten Bücher nicht digital ablieferte, sondern mit alter Schreibmaschine geschrieben und mit Tipp-Ex korrigiert.

Mark war weißblond und der Bequemlichkeit halber ließ er sich einen Bart stehen. Die Kombination von beidem hatte zur Folge, dass er - sehr zu seinem Leidwesen - ein ganzes Stück älter aussah, als er war. Seine Eitelkeit litt sehr darunter. Als junger Mann hätte er liebend gern getanzt, aber seine schmerzenden Plattfüße hinderten ihn daran. An der Erfüllung seiner Begierden hinderte ihn die Impotenz. Das sollte sich später ändern und um das Versäumte aufzuholen, war Monogamie nicht die geeignete Lebensform. Dann kam diese 23-Jährige daher, die man erst fragen musste, ob sie volljährig war, damit man sich nicht strafbar machte und die nicht genug kriegen konnte. Dass sie hässlich war, sah er trotz seiner, der Eitelkeit wegen nicht ausgeglichenen, starken Kurzsichtigkeit. Aber sie war das kleinere Übel, denn eine neue Krankheit namens Aids erschien auf der Bildfläche und hing wie ein Damoklesschwert über jeder neuen Beziehung.

Sprechgenie

Mark war ein richtiger Mann. Als Ruth ihn zum ersten Mal sah, wusste sie sofort, dass das der Mann war, wegen dem es sich lohnte, länger als einen Nachmittag so zu tun, als wäre man nicht sprachlos und schüchtern. Sie konnte zwar zwei Sätze sagen, aber einen fremden Mann – noch dazu DEN Mann – ansprechen, das konnte sie nicht. Im Entwickeln von Strategien dagegen war sie gut. Sie blickte tief in seine ebenfalls wasserblauen Augen, um sich dann sofort etwas anderem zuzuwenden. Die Strategie war aufgegangen, auch er hatte Hormone.

Mark war gerade doppelt so alt wie Ruth. Die Vernunft und die Mutter sprachen sich gegen diese Verbindung aus. Die beiden rechneten Ruth vor, wie alt er in zehn und in zwanzig Jahren sein würde, und in Ruths Vorstellung erschienen alle Greise, die sie kannte. Am Beispiel des Vaters hatte Ruth gesehen, dass Jugend keine Garantie für Gesundheit und ein langes Leben war. Sollte sie irgendeinen oder womöglich gar keinen Mann heiraten, nur weil DER Mann nicht das vorschriftsmäßige Alter hatte? Nein! Das war die andere Stimme der Vernunft. Die vernünftigere.

Mit ihm fühlte sie sich älter, erwachsener. Und wer die beiden zusammen sah, schenkte ihr ein paar Bonusjährchen, ihm dagegen wurden sie abgezogen. So profitierten beide. Der psychologisch geschulte Leser wird schon längst aufgemerkt haben: Mädchen mit starker Bindung zum Vater, dessen früher Tod und ein viel älterer Ehemann. Aha, wir wissen Bescheid. Der psychologisch geschulte Leser kennt sich da besser aus als ich. Ich werde mich hüten, ihm zu widersprechen. Mark Ruppert konnte Auto fahren, aber er wollte nicht. Plötzlich war es kein Zeichen von Minderwertigkeit mehr, nicht Auto zu fahren. Es gab tatsächlich gute Gründe, freiwillig darauf zu verzichten.

Mark hatte einen großen Freundeskreis und war sehr beliebt. Sie hatte wieder ein Sprachrohr. Aber sie war nicht mitbeliebt. Ihre Sprachlosigkeit erschien den anderen als Arroganz. Dieser Eindruck wurde noch verstärkt durch ihre extrem aufrechte, stolz wirkende Körperhaltung. Wenn Ruth grüßte, hörte das kein Mensch. Ihre Unsicherheit, die Angst aufzufallen, ließ sie viel zu leise sprechen. Also sprachen die anderen nur mit Mark und ließen sie links liegen. Ruth fand das Benehmen von Marks Freunden ausgesprochen rüpelhaft und unhöflich, um nicht zu sagen arrogant.

Mit Mark gab es jetzt zum ersten Mal jemanden, der Ruth ernst nahm (sogar „wenn er sie nahm"). Er nahm sie ernst in ihrer Leidenschaft für die Musik. Für ihn gab es keine Unmusikalität, er schenkte ihr ein Metronom. Er akzeptierte ihre Leidenschaft für die Musik nicht nur, sondern er teilte sie mit ihr. Ruth lernte zählen und gemeinsam zu musizieren. Ihr zwar mangelhaftes, aber jetzt durchaus steigerungsfähiges Klavierspiel wurde endlich gebraucht. Die Pianistin Ruth Scherff war doch noch entdeckt worden, wenn auch nur für den Hausgebrauch.

Mark nahm sie auch ernst in ihrem Bestreben, wenigstens einmal ganz alleine etwas auf die Beine zu stellen. Er allein traute ihr das zu. Und nach einigen entbehrungsreichen Jahren, in denen sie sich ein kleines finanzielles Polster zusammengespart hatte, eröffnete sie einen Linkshänderladen. Die Familie war entsetzt. Ruth hatte in der Schule nichts getaugt, sie war krank, hatte keine Freunde und den falschen Mann – das konnte nichts werden, denn alles was sie bisher getan hatte, war auch nichts geworden.

Zum ersten Mal in Ruths Leben war ihre Linkshändigkeit zu etwas zu gebrauchen. Außerdem merkte sie, dass sie gar nicht ungeschickter als andere war, sondern bisher nur falsches Werkzeug benutzt hatte. Und sie war jetzt Chefin. Leider ging der Ruhm wieder mal an ihr vorbei, denn alle hielten ihren Mann für den eigentlichen Chef.

Weil Ruth wenig Geld hatte, lernte sie sehr schnell, Rabatte für sich herauszuschlagen. Verhandeln und organisieren konnte sie wirklich gut. Wenn Ruth einen vorgegebenen Rahmen – mit Zahlen – hatte und ein Publikum, das nur aus einer Person bestand, dann war sie eine gute Rednerin, aber eben nur dann. Sogar telefonieren konnte sie dann. Im Übrigen war ihr das Telefon ein verhasstes Gerät. Am Telefon konnte man nicht schweigen, Gesprächspausen konnten nicht durch Mimik und Gestik überbrückt werden. Immer war man in Zugzwang. Nein, telefonieren war wirklich nichts für Ruth. Ein normales Gespräch war ihr schon Kraftakt genug.

Doch dann hatte sie ein Aha-Erlebnis der besonderen Art. Sie war gerade einmal sehr guter

Laune und grüßte deshalb die Freunde ihres Mannes versehentlich laut und vernehmlich. Da passierte das Unfassbare. Plötzlich verhielten sich die Freunde untypisch, auch Ruth wurde begrüßt. Es hieß jetzt nicht wie sonst „Mark, wo gehst Du hin?", sondern „wo geht ihr hin? ". Während des ganzen Gesprächs war auch Ruth angesprochen. Obwohl sie kein weiteres Wort mehr sprach, war sie mittendrin. Das war Ruth noch nie passiert: Mit nur einem Wort hatte sie aus komischen Typen nette Menschen gemacht. Von dieser neuerworbenen Macht war sie fasziniert. Ob das immer funktionierte? Es funktionierte wirklich immer. Schon von Weitem hob sie jetzt die Hand zum Gruß. Bisher hatte sie sich nicht getraut, sich durch Handheben größer zu machen, die Blicke Fremder auf sich zu ziehen, aufzufallen und sich womöglich zu blamieren. Jetzt ging das automatisch, denn es stimmte die anderen freundlich. Wenn sie bisher an Bekannten eine Veränderung bemerkt hatte, musste sie erst mindestens eine Woche lang zu Hause darüber nachsinnen, ob es nicht indiskret war, darüber zu sprechen. Jetzt sagte sie es sofort und die anderen waren dankbar. Sie waren genauso dankbar, wenn sie an einer neuen Frisur, wie wenn sie an einem Kummer teilnahm. Nur durch eine kurze Bemerkung konnte sie ein längeres Gespräch, an dem sie sich weiterhin nur noch durch Nicken beteiligen musste, in Gang bringen. Sie, die Sprachlose! Auch an fremden Menschen wurde das ausprobiert. Sie machte einen Sport daraus, unfreundlichen und muffigen Verkäuferinnen ein Lob auszusprechen. Augenblicklich hatte sie ein Lächeln auf deren Gesicht gezaubert und erreicht, dass an diesem Tag alle weiteren Kunden freundlich bedient wurden. Ruth konnte die Welt verändern – vielleicht sollte sie Politikerin werden.

Small Talk hatte Ruth immer verachtet. Was hatte es für einen Sinn darüber zu sprechen, dass die Sonne scheint, wenn doch jeder sehen konnte, dass sie scheint. Jetzt kannte sie den Sinn. Sie wurde Meisterin darin. Aber irgendetwas fehlte, über dieses verbale Händeschütteln kam sie nicht hinaus. Irgendwie schafften es die anderen von Allgemeinplätzen auf ernsthafte und interessante Themen zu kommen. Ruth schaffte das nie. Da war noch ein Trick, ein Geheimnis, das sie nicht kannte.

Wenn mehr als zwei Personen zusammen waren, dann blieb sie immer noch so stumm wie eh und je. Die Gefahr etwas Falsches zu sagen schien ihr größer, wenn mehrere zuhörten. Vielleicht war es auch die Gefahr entlarvt zu werden. Weil sie deshalb jedes Wort genau abwägte, ob es auch kein falsches sei, brauchte sie ziemlich lang, bis sie einen Satz fertig hatte. Die Zensur in ihrem Kopf arbeitete gründlich und langsam. War sie schließlich bereit, ihren wohlüberlegten Satz in die Freiheit zu entlassen, dann war das Gespräch schon längst an einem anderen Punkt angelangt. Und hatte sie tatsächlich einmal ihren Satz schnell genug formuliert, dann sprach sie sicherheitshalber so leise, dass wieder keiner etwas davon merkte. Sprechen war alles andere als leicht. Auch wenn man Sätze sagen konnte.

Aufmerksamkeit

Noch etwas gab es, wo Ruth von Mark ernst genommen wurde. Er nahm sie ernst, wenn sie krank war. Sie wurde ins Bett gesteckt und so richtig verwöhnt. Einmal hatte sie eine Knieverletzung und plötzlich war sie wichtig. Sie bekam viele Besuche und Geschenke. Es war wie Frankreich. Ihr Mann erzählte von ihrer Krankheit und alle bewunderten sie wegen ihrer großen Leidensfähigkeit. Sie konnte auch selbst – vor mehreren Personen gleichzeitig! – Auskünfte geben über die Art ihrer Verletzung, die Behandlung, die möglichen Komplikationen. Sie war jetzt Mittelpunkt, das war immer ihr Ziel gewesen. Leider hielt das Interesse der anderen nicht lange an. Die Krankheit hatte sich abgenutzt wie ihr Knie, eine neue musste her. Ihr Körper war sehr erfindungsreich. Fast ein Jahr dauerte es, bis sie wieder ganz normal laufen und ihr Bein in alle (möglichen) Richtungen bewegen konnte. Dann schloss sie sich einer Erkältungswelle an und hustete. Wochen-, monate- und vor allem nächtelang hustete sie. Ihr Hausarzt besaß ein Inhalier-Gerät, das sich amortisieren musste, also hustete sie täglich eine Viertelstunde in den Inhalier-Apparat. Schließlich war die Lunge doch einmal leergehustet. Es kam der Frühling, die Welt begann von Neuem aufzuleben und die Birken blühten. Nun fiel es ihrer Nase ein, sich gegen den Blütenstaub zu wehren. Und sie (die Nase) lief und lief und lief. Es war nicht der Heuschnupfen wie bei Mutter und Bruder mit gelegentlich auftretenden Niesattacken. Es war eine einzige Niesattacke – wochenlang. Das sollte jetzt in jedem Jahr zur lieben Gewohnheit werden. Natürlich blieb ihr Körper in der Zwischenzeit nicht untätig. Er vergnügte sich beispielsweise mit Blasenentzündungen – auch die therapieresistent, sich über Monate hinziehend. Besonders viel Anerkennung fand er für seine diversen Hexenschüsse, die Ruth ganz stark in den Mittelpunkt des Interesses setzten, da unübersehbar. In einem Jahr kam dann im Anschluss an die Birkennieser das Asthma wieder und die Luft wurde Ruth immer weniger. Die Liste ließe sich fast endlos fortsetzen. Kurze Pausen zwischen den Krankheiten wurden mit Erkältungen und Kopfschmerzen ausgefüllt. So löste eine Krankheit die andere ab. Ihr Wissen um den menschlichen Körper und mögliche Fehlfunktionen wurde immer umfangreicher. Es gab wohl keinen Spezialisten in der Stadt und Umgebung, den Ruth nicht kannte.

Später kamen neue Krankheiten, wenn die vorhergehenden noch gar nicht abgeschlossen waren. Das war schon gar nicht mehr lustig. Es begann sogar richtig unbequem zu werden. Man stelle sich zum Beispiel vor, ein Hexenschuss verbietet jegliche Bewegung und gleichzeitig zwingt der Heuschnupfen zu heftigsten Niesverbeugungen. Oder die Diarrhö zwingt zum Rennen, aber Atemnot lässt nur langsame Bewegungen zu. Als die Krankheiten schließlich lebensbedrohliches Ausmaß annahmen, reichte es ihr. Im Mittelpunkt zu stehen war zwar schön, aber die Hauptperson einer Trauerfeier werden ...? Es wäre ein zu abruptes Ende ihrer Karriere gewesen. Sie wollte aussteigen, und zwar sofort. Mit den Krankheiten musste ein für alle Mal Schluss sein. Es gab auch keine mehr, die sie nicht schon gehabt hätte. Doch, wie konnte man das abstellen, wo war der Knopf? Wenn sie von ihren Krankheiten erzählte stand sie immer im Mittelpunkt und wurde beachtet. Würde sie auch im Mittelpunkt stehen, wenn sie von etwas anderem sprach? Hatte sie denn überhaupt etwas anderes zu erzählen? Da lag der Hund be-

graben, sie war wieder beim alten Problem ange-
langt: Sätze aufsagen und sprechen war zweierlei.
Es half ihr alles nichts, sie musste sprechen lernen.
Vielleicht sollte sie eben doch Politikerin werden.
In der Politik kannte sie sich fast so gut aus wie bei
Krankheiten und es war besser, als krank zu sein.

Entzug

Wenn sie nicht mehr krank sein wollte, dann brauchte sie auch ihre Medikamente nicht mehr. Die Absencen hatten sie sowieso nicht verhindern können. Noch einmal wollte sie einen Versuch unternehmen, sie wegzulassen, diesmal in Eigenregie. Das Tempo sollte nicht von einem Arzt, sondern von ihrem Körper bestimmt werden. Der Arzt war nur noch Begleiter. Statt zwei Tabletten nahm sie jetzt eindreiviertel. Sie wurde glücklich und gewann an Energie. Das Dauerregenwetter empfand sie als herrlich erfrischend und selbst ein einfacher Schotterhaufen begann eine ungeheure Faszination auf sie auszuüben. Manisch zu sein war wunderschön! Sie kannte diesen Zustand nicht und kostete ihn bis zum Äußersten aus. Noch nie hatte sie so konzentriert Klavier gespielt, und das bis spät in die Nacht. Noch nie vorher hatte sie es geschafft Presto zu spielen, Largo war ihr schnellstes Tempo gewesen. Jetzt spielte sie Prestissimo. Von Tag zu Tag steigerten sich ihre Kraft und ihre Energie. Am neunten Tag hatte sie weit nach Mitternacht das Klavierspiel beendet. Nicht etwa weil sie müde war, sondern weil es eben Zeit zum Schlafen war. Aber sie konnte nicht schlafen. Sie lag im Bett und schmiedete Pläne für den nächsten Tag. Der Körper konnte einfach nicht ruhig liegen bleiben und ihr Herz klopfte wieder einmal beängstigend.

Am nächsten Tag war sie erschöpft und traurig, maßlos traurig. Klavierspielen gefiel ihr nicht und auch sonst nichts. Sie ging wie immer zur Arbeit, aber es gelang ihr nichts. Alles war schwer, und überhaupt – wozu sollte man sich anstrengen. Sie war ständig traurig, ihre Mundwinkel rutschten nach unten und machten das Gesicht immer länger. Die depressive Phase dauerte keine neun Tage, sondern ganze neun Wochen. Danach ging es mit der Stimmung wieder steil aufwärts. Wieder kam die unbändige Freude zurück und alles, was sie anfasste ging praktisch von alleine. Wie war das Leben plötzlich wieder schön. Zu gern hätte sie diese Hochstimmung auch diesmal wieder restlos ausgekostet. Aber die Aussicht auf Herzklopfen und Depression war keine gute. Also musste sie sich bremsen. Es war ganz und gar nicht einfach, Aktivitäten zu unterbrechen, die doch so wunderschön waren. Es war wie bei einem Mückenstich: Wenn man rechtzeitig aufhörte zu kratzen, dann juckte er nicht so lange und wurde auch nicht blutig. Bei Mückenstichen konnte sie sich beherrschen. Sie erklärte die Manie zum Mückenstich und beherrschte sich. Punkt 20 Uhr beendete sie jegliche Aktivitäten. Sie erlaubte sich dann nur noch lesen und fernsehen. Im Laufe des Abends wurde sie ruhiger und konnte schlafen. Das Glücksgefühl war durch diese Vorsichtsmaßnahme nicht ganz so groß wie beim letzten Mal. Schade! Aber die Rechnung ging auf: Auch die anschließende Depression war nicht mehr so ausgeprägt. Jetzt war es nicht mehr schade, dass sie sich vorher beherrscht hatte. Noch einige Male schwankte ihre Stimmung nach oben und unten, wobei die Spitzen mit der Zeit immer flacher wurden. Schließlich war sie wieder ausgeglichen, jedoch nicht so ausgeglichen wie vorher. Die Stumpfheit war von ihr abgefallen. Sie konnte jetzt weinen. Früher hatte man ihr die größten Beleidigungen ins Gesicht sagen können, sie waren alle an ihrem Panzer abgeprallt. Jetzt genügte die kleinste, angedeutete Kritik und aus ihren Augen quollen Tränen ohne Ende. Peinlich war ihr das schon, aber sie war auch glücklich über ihre Tränen. Genauso waren auch ihre Freuden intensiver geworden. Das Leben war jetzt vielfältiger.

Nach ein oder zwei Jahren, als auch die Tränen nur noch dann und in dem Maß kamen wann und wie sie angebracht waren, ließ sie wieder eine Viertel Tablette weg. Diesmal wurde sie nicht manisch und auch nicht depressiv, sie merkte überhaupt keine Veränderung. Ihr Körper hatte inzwischen verstanden, dass er selbst die Stimmungen regulieren musste. Und er schaffte es sehr gut.

Mindestens ein Jahr wartete sie jedes Mal, bevor sie einen Schritt weiterging. Am schwierigsten war das letzte Viertel. Einige Jahre dauerte es, ehe sie sich dazu durchrang. Aber auch das ging gut. Um nicht doch noch in Panik zu geraten, schluckte sie eine Zeit lang Magnesiumpulver als Ersatz und homöopathische Globuli. Sie hatte sowieso schon längst ein viel besseres Mittel gefunden, ihre Absencen im Zaum zu halten. Immer wenn sie zu kommen drohten – sie erkannte das an ihrer wachsenden Schläfrigkeit und Verträumtheit – dann steckte sie die Walkman-Stöpsel in die Ohren und hörte Fremdsprachenkassetten. Wenn sie sich ganz stark auf nur eine Sache konzentrierte, dann blieb sie auch anwesend. Das Weglassen der Medikamente bewirkte, dass sie ein kleines bisschen spontaner wurde. Es passierte ihr jetzt auch nicht mehr, dass ihr ein anderes Wort über die Lippen kam als sie eigentlich sagen wollte. Manchmal war das einfach nicht zu koordinieren gewesen. Das ausgesprochene Wort hatte den gleichen Anfangsbuchstaben wie das ausgedachte, aber das war auch alles. Es passte nicht im Geringsten zum Thema. Wenn sie beispielsweise ihren Besuch am Abend ankündigen wollte und stattdessen am Abfall sagte, ergab das wenig Sinn. Es passierte ihr auch nicht mehr, dass sie zu stottern anfing. Und es passierte nicht mehr, dass sich bei einem zu spontanen Redebeginn Spuckebläschen zwischen ihren Lippen bildeten.

Wer weiß?

Wer jetzt gerne wissen möchte, wie die Geschichte weitergeht, dem muss ich ganz frei heraus sagen: Ich weiß es nicht.

Möglich, dass Ruth tatsächlich noch das Sprechen gelernt hat. Ihr Gefängnis – sprich: die Käseglocke – hat sie verlassen und somit gute Voraussetzungen dafür geschaffen. Wenn es ihr gelungen ist, dann wird sie die neuerworbene Fähigkeit, im Mittelpunkt zu stehen weidlich ausnutzen. Denn danach ist sie süchtig. Immer wieder wird sie Gelegenheiten suchen, mit anderen zu sprechen. Somit wird sie es zur Vollendung bringen und wir werden sie doch noch eines Tages als Politikerin im Fernsehen hören können. Dieses Ende halte ich jedoch eher für das Ende eines utopischen Romans oder eines Märchens.

Es gibt sogenannte Fliegende Fische, die enorm große Sprünge über der Wasseroberfläche machen können. Aber es ist eben doch nur gesprungen und nicht geflogen. Einem kleinen Fischlein im Wasser mag es wie fliegen vorkommen, aus der Vogelperspektive betrachtet bleibt es immer nur ein jämmerliches Gehopse. Genauso wird auch unsere

Heldin Ruth, die ihre Kindheit und Jugend nur in trüben Tümpeln verbracht hat, allerhöchstens lernen, Sprünge zu machen. Möglicherweise wird sie sogar große Sprünge fertigbringen, aber Flügel können ihr nicht mehr wachsen.

So wird sie sich also mit der Mittelmäßigkeit zufriedengeben müssen. Der Rückzug in ihre Traumwelt wird ihr jedenfalls verwehrt bleiben, nachdem sie schon einmal aufgewacht ist. Kann sie sich nicht mit der Mittelmäßigkeit abfinden, dann sehe ich nur noch eine Depression auf sie zukommen.

Nun, einen Ausweg aus dem Dilemma könnte es doch noch geben. Vielleicht hat sie ja begonnen, Bücher zu schreiben. Sie könnte dabei ganz lange an ihren Sätzen herumformulieren und zensieren, ohne dass ihr irgendwelche Gesprächspartner mit dem Thema davoneilen. Beim Schreiben spielt die Lautstärke keine Rolle und Stottern geht auch nicht. Vielleicht ist sie schließlich damit zu dem gekommen, was sie immer erstrebt hatte: zu Ruhm!

Nachtrag

Nach vielen Jahren - zwanzig vielleicht - bin ich unserer Heldin zufällig noch einmal begegnet. Wir setzten uns auf einen Kaffee zusammen und sie begann sehr bald zu erzählen. Nicht einen Satz und auch nicht zwei, es sprudelte aus ihr heraus.

Mit ihrem Mann hatte sie nicht nur das gemeinsame Musizieren verbunden, und das, was Mann und Frau ganz wunderbar verbindet, sondern auch das mangelnde Bedürfnis nach sozialen Kontakten. Die waren für beide auf unterschiedliche Weise anstrengend gewesen.

Gelegentlich begaben sie sich gemeinsam auf Reisen. Es war für Ruth keine Flucht vor der Einsamkeit mehr, aber sie hatte Gefallen daran gefunden. Mark brauchte das eigentlich nicht, aber ihr zuliebe, wenn er dort lesen konnte.... Ihm zuliebe ging es vorzugsweise an immer den gleichen Ort, damit er sich heimisch fühlen und den gleichen Tätigkeiten wie zu Hause nachgehen konnte – nur das Klavier passte leider nicht in die Reisetasche. Weil das Reisen für ihn ein großer Kraftakt war, konnte er in der Nacht vor einer geplanten Fahrt überhaupt nicht schlafen, fühlte sich dann krank und die Reise musste verschoben werden. Einmal war die Reise im Voraus gebucht worden – das war billiger gewesen. Mark trank am Abend vorher eine ganze Flasche Baldrian aus, um auch ja schlafen zu können. Drei Tropfen waren die vom Hersteller empfohlene Dosis. Es nützte nicht viel und er litt, sie ärgerte sich. Musste er ihr den Urlaub verderben, konnte er sich nicht zusammenreißen. Er starb unterwegs an Herzinfarkt oder Überdosis Baldrian. Nein, da konnte er sich wirklich nicht zusammenreißen.

Der Schock war groß und bewirkte, dass die kaum merkbaren Absencen ganz verschwanden. Ganz ohne Absencen war das Reden noch ein bisschen leichter. Sie nahm sich vor, nie mehr jemanden als Sprachrohr zu benutzen. Sie wusste jetzt, dass keine Gefahr bestand, sich zu blamieren. Was sie sagte, war nicht verkehrt. Und die Leute sollten wissen, welches ihre eigene Meinung war. Zu allem hatte sie etwas zu sagen: kurz und bündig zwar, aber das reichte schließlich.

Das Schreiben machte sie indirekt zu ihrem Beruf. Sie leitet Kurse und Seminare zum kreativen Schreiben. Und gelegentlich hält sie sogar Vorträge.

Sie vertraute mir aber auch an, dass das Sprechen bei den Vorträgen für sie keineswegs so locker ist, wie es aussieht. Sie muss sich sehr gut vorbereiten. Spontan oder nur mit Stichpunkten ausgerüstet würden ihr die Sätze vor Publikum nicht einfallen, sie würde sehr viel herumstottern und brächte nur unvollständige Sätze hervor. Jeder Satz wird vorher genau ausformuliert und aufgeschrieben, auch die Scherze, die spontan wirken. Dann wird zu Hause so oft geübt, bis das Skript nicht mehr notwendig ist.

Zudem muss sie sehr entspannt in einen Vortrag gehen. Wäre sie nicht erholt genug, dann würde es ihr wie früher passieren, dass sie immer wieder Wörter sagt, die nur den Anfangsbuchstaben mit ihrem geplanten Wort gemeinsam haben.

Und warum macht sie es trotzdem? Sie ist süchtig danach!